谷川俊太郎の詩学

山田兼士

思潮社

谷川俊太郎の詩学

山田兼士評論集

思潮社

装幀＝思潮社装幀室

目次

Ⅲ　越境の詩学

I　谷川俊太郎と小野十三郎

一章　小野十三郎からはじまる

1

思潮社刊『谷川俊太郎のコスモロジー』（一九八八）には「資料」として第二詩集『六十二のソネット』（一九五三）への「お礼状」が収録されている。差出人は、瀧井孝作、室生犀星、石原吉郎、黒田三郎、高村光太郎、小野十三郎の六名。その中から小野の手紙を全文引用する。

今日は立派な詩集をお贈り下さってありがとう。詩を読むたのしさと云ったものがほとんどなくなった今日、わたしにとっては、あなたの詩だけは例外でいつもたのしく拝見していました。このたのしさは決して一ときのものではありません。それはわたしの内部に折れ曲ってきて、ややともすると、詩以外の要素で拡散されようとするわたし自身の詩の構造力学をひきしめる態のものです。未知の作品もたくさんあって、この本とともにいるこれからの毎日がたのしみです。仕事のあいまに少しづつ味読させていただきます。

それにしても、こんな豪華なまとめ方をされますと、あなたはもうこれまでのように精力的に詩をお書きにならないのではないかと心配です。どうかそんなことになりませんように。それはわたしにこれからも詩を書きつづけさせる力に関することがらでもありますから。

近くわたしも「異郷」という詩集を思潮社から出します。目下原稿整理中ですが出来上りましたらまっさきにお送りいたしましょう。

お礼まで。

五月一日

小野十三郎

谷川俊太郎 様

本書を始めるにあたって冒頭にこれを引用することは、予てより決めていた。以前上梓した『小野十三郎論』（砂子屋書房、二〇〇四）を引き継ぐかたちで、〈現代詩〉のマトリックスを描く作業の一環に谷川俊太郎の初期作品を位置づけたい、と考えたからだ。だが、この文章を引用しているうちに奇妙なことに気がついた。本当はもっと早く気づくべきだったが、若い才能を（私信とはいえ）手放しで絶賛する口調に目を奪われて、つい時期的な矛盾を見落としていたのだ。まず、その矛盾を記すことから本稿を始めたい。

問題は、末尾にある「五月一日」という日付が、いったい何年の「五月一日」なのか、ということ。『六十二のソネット』の初版刊行は一九五三年十二月なので、普通に考えれば一九五四年だろう。ただし、手紙の本文中に谷川詩集の題名はどこにも記されていない。「立派な詩集」というのはわかるとして、「こんなに豪華なまとめ方」というのは総頁数一三八、18.5×13cmのサイズの本にはそぐわない表現だろう。それに何より、末尾にある小野自身の詩集『異郷』の近刊予告が不可解だ。『異郷』は一九六六年十月刊。とすると、この手紙の日付は一九六六年の五月一日と読む方が正しいのではないか。『六十二のソネット』が出てから十三年後!ということになる。新版への礼状? それも考えにくい。「未知の作品もたくさんあって」との記述は、これが重版や新装版ではないことを示している。あり得るとしたら増補版だが、どの年譜にもその記録はない。要するに、問題の小野書簡は『六十二のソネット』への礼状ではない、と考えるしかないだろう。何らかの手違いで別の詩集への礼状がここに紛れ込んでしまった、と見るのが正しいのではないか。

ところで、一九六六年に谷川俊太郎は詩集を一冊も出していない。一番近いのは一九六五年一月刊の思潮社版『谷川俊太郎詩集』(全集版)である。「立派な詩集」がこの本を指しているとするなら、小野書簡の内容はすべて理解できる。また、一九六六年十月刊の『異郷』が六五年五月の段階ですでに編集体制に入っていたと考えることも無理ではない。『異郷』の「あとがき」末尾には「一九六六年夏」と記されているが、一方で、本文には「二年前に編んだ小詩集『とほうもないねがい』」云々とあって(『とほうもないねがい』は一九六二年六月思潮社刊)、「あとがき」そのものは一九六五年にすでに書かれていたとの推測を促す。六五年五月一日の時点で「あとがき」も含めて原稿がそろっていたとすれば、そして校正の折にでも日付だけを書き改めたとすれば、『とほうもないねがい』から『異郷』「あとがき」までの年月は三年弱となるので、「二年前」という記述は納得がいくのだ。

要するに、小野の礼状は一九六五年に書かれた(らしい)もので、対象になった詩集は『六十二のソネット』ではなく『谷川俊太郎詩集』ということになる。『谷川俊太郎のコスモロジー』には「資料」として『谷川俊太郎詩集』への「お礼状」の頁もあるので、おそらく本来はそこに掲載されるべきだったのだろう。そう見れば書簡の内容はすべて理解できるし、小野詩集『異郷』との時差も理解可能な範囲内になる。これは思いのほか重要な事実ではないか。なぜなら、もし小野書簡が谷川の第二詩集への礼状だとすれば、当時五十歳の中堅詩人から二十二歳の新人へのエールということになるが、全詩集への礼状なら、当時六十一歳の老詩人から三十三歳の中堅詩人への賞賛になるからだ。二十二歳の詩人は二冊目の詩集を出したばかりだが、三十三歳の詩人はすでに七冊の詩集を出している。そのほとんどを小野十三郎は読んでいたはずだ。詩を楽しく読めなくなった状態にあって「例外」的に「いつもたのしく拝見して」いた、との文面は、昨日や今日出てきたばかりの新人に対する言葉とは到底思えない。やはり相応のキャリアを積んできた詩人への賞賛と読むのが妥当だろう。

『谷川俊太郎詩集』には次の六詩集が全篇収録されている。『二十億光年の孤独』(一九五二)、『六十二のソネット』(一九五三)、『愛について』(一九五五)、『絵本』(一九五八)、『あなたに』(一九六〇)、『21』(一九六二)。それに「未刊詩篇」十三篇など。小野が「未知の作品」と呼んでいるのはこれら未刊詩篇のことだ。一九六四年に出たばかりの『落首九十九』(朝日新聞社刊)を除く、この時点での全詩集である。この後、谷川は欧米各地を訪れたり(したがって小野が「まっさきに」送ったはずの『異郷』を谷川が手にしたのは六七年四月の帰国後のことだろう)、映画の脚本や絵本や漫画『ピーナッツ』の翻訳など、活動範囲を飛躍的に広げるとともに、様々な試行錯誤(例えば一連の「ことばあそびうた」)による現代詩の実験を遂行することになるのだから、この全詩集は初期谷川俊太郎における大きな一区切りだったことになる。実際、この後、一九七五年刊行の詩集『定義』と『夜中に台所でぼくはきみに話しかけたかった』までの十年間、谷川俊太郎は現代詩の〈最前線〉から一時身を引いていた感がある。詩集『旅』(一九六八)巻頭の「何ひとつ書く事はない」(「鳥羽1」)や「本当の事を云おうか／詩人のふりはしてるが／私は詩人ではない」（同）といった有名な詩行も、言葉に対する本質的疑問の表明と見た場合、一種の〈沈黙〉宣言と読まれなくもないのだ。「鳥羽」シリーズの連載が始まったのが全詩集と同じ一九六五年の「現代詩手帖」だったことも、この際思い出しておくべきだろう。小野が「こんな豪華なまとめ方をされますと、あなたはもうこれまでのように精力的に詩をお書きにならないのではないかと心配です」と危惧を抱いたのはある意味であたっていたわけだ。もっとも、一九七五年以後の快進撃がその危惧を払拭することになるのは、今日の我々には明らかな事実なのだが。

2

小野十三郎は谷川俊太郎の初期詩集の集大成に「例外」的な「たのしさ」を感じたという。それはいったい何だったのか。『二十億光年の孤独』から『21』まで六冊の詩集をここで総合的に検討することはできないが、小野書簡からその要点を想像することはできる。やや難解と思われる部分をもう一度引用する。

このたのしさは決して一ときのものではありません。それはわたしの内部に折れ曲ってきて、ややともすると、詩以外の要素で拡散されようとするわたし自身の詩の構造力学をひきしめる態のものです。

小野十三郎の「詩論」を知る読者には聞き覚えのある口調だが、これを当時の谷川俊太郎はどう読んだのか。「わたし自身の詩の構造力学をひきしめる」どのような要素を、小野は谷川作品の中に読み取ったのか。「わたしの内部に折れ曲って」くるものとは何か？　「詩以外の要素で拡散」とはどういうことか？　謎は深まるばかりだ。

こうした私信が書かれた背後には、二人の詩人の間に何らかの持続的交信があったものと思われる。推測で述べるしかないのだが、これより少し前に、やはり思潮社から刊行された『詩論＋続詩論＋想像力』（一九六二）を谷川は（たぶん小野から贈られて）読んでいたのではないか。少なくとも、小野はそのことを前提にこの手紙を書いているように思われてならない。ちなみに、この年、思潮社は「現代日本詩集」と題した全三十巻の書き下ろしシリーズを刊行し始め、その第一回配本が小野十三郎『とほうもないねがい』、第五回が谷川俊太郎『21』だった。思潮社は同年十月号の「現代詩手帖」で特集「小野十三郎の詩と詩論」を組んでもいる。ついでに言えば、この雑誌の表紙裏と扉には見開きのかたちで『21』と『とほうもないねがい』の広告が大きく掲載され（ほかに清岡卓行、金子光晴、西脇順三郎の詩集と、続刊予定の、なぜか二十五でなく二十六人の詩人名も挙がっている）、両詩集の同時代性が実感される。さらについでに言えば、目次の二頁を挟んだ次頁には「詩論＋続詩論＋想像力＝小野十三郎」の広告があり、「戦前戦後の業蹟《ママ》を集大成した小野詩論の決定版」とのキャッチが見られる。話が少々逸れたが、一九六〇年代前半における小野と谷川の詩的交流の可能性を、ひとまず外的状況から示しておきたかった。

さて、「歌と逆に。歌に」を提唱し「短歌的抒情」を執拗に攻撃した小野詩論は、詩の「音楽性」をあくまで拒絶して視覚的造型的な詩の構造を獲得すること——構造力学の確立——を主張するものだった。その戦闘的詩論が「決定版」の形をとったのが一九六二年。この時点で小野詩論は、微妙な修整を加えながらさらに詩作品によるパラフレーズを重ねていくことになる。その一例として、『とほうもないねがい』巻頭に掲げられた歌（！）の詞と楽譜が挙げられる。小野十三郎作詞、芥川也寸志作曲「あたっていきなよ」。前著『小野十三郎論』にも書いたことだが、率直に言って秀作とは言い難い作品だ。おそらくジャック・プレヴェールのシャンソンに触発されて創られたのだが、プレヴェールのように「複雑にからみ合ったものを、瞬時にして、単純に組みかえてみせる言葉の魔術」（「詩論255」）たり得ているとは言い難い。むしろ「歌と逆に」の方向からの撤退とさえ見えるのだ（詳しくは次章参照）。

これに対して、谷川俊太郎の詩はプレヴェール作品といとも簡単に共鳴し化合していたことが、初期作品の音楽的リズムと乾燥したリリシズムから明らかだ。前著で既に論じたテーマなのでここでは結論のみを要約するが、「歌と逆に」を前提に――この時代の詩の宿命として――抒情詩の世界に乗り出した谷川が、「歌と逆に歌に」のベクトルを（それなりの困難はあったにせよ）はじめからたどったことは興味深い。小野が戦前戦後の葛藤の中で確立した「歌と逆に」の批評的バイアスを前提に「歌に」の方へ――いわば帰り道のポエジーとして――向かいかけたその途上で、いわば本能的に「歌と逆に歌に」出発した谷川俊太郎に、小野は遭遇したのである。北川透の言葉を借りるなら「心情の領域から、無媒介的に抒情に流れる危険性はまったくない」（「危機のなかの創造」『谷川俊太郎の世界』思潮社、所収）ような、批評意識に裏付けられた新しい抒情が、谷川俊太郎の〈歌〉だったのだ。老境にさしかかった小野十三郎が次代を切り開く詩人として谷川俊太郎にかけた期待の大きさは、想像に難くないだろう。

3

小野十三郎が『詩論』決定版刊行後に新たに模索した道は、新しい〈歌〉の創出にほかならなかった。その明らかな実例は一九六六年刊行の詩集『異郷』巻頭作に見られる。

雲も　水も
木々の芽ぶきも
それをながめるとき
われらのねがいの
なんと異なること
一つとしてつながらぬさまざまなおもい
花ひらく野に出ても
敵は敵

（「雲も水も」）

冒頭三行の「歌」に続く「と逆に」を経て末尾二行で立ち上がる「歌に」のベクトルが、小野十三郎の新しい〈歌〉だ。全体が「歌」えるリズムでは決してない。谷川俊太郎の〈歌〉に溢れた抒情詩とはまったく異なるスタイルと言っていい。だが、たとえ部分的とは言っても、明らかにこの最後のフレーズの〈歌〉で小野は谷川の〈歌〉と交感し合っている。ただし、小野作品で〈歌〉はいつもこのように鳴り響いてはいない。時には批評精神の鋭さが、また思想の重さが、〈歌〉を妨げるほど深刻に作品構造を変形している場合もある。小野書簡の中で「詩以外の要素で拡散されようとする」と書いているのは、〈歌〉を妨げる思想の力のことだ。先に引用した「わたし自身の詩の構造力学」とは、いま挙げた「雲も水も」に見られるような造型的静力学のことである。だからこそ、小野が谷川作品の中に認めた「たのしさ」とは、〈歌〉が〈歌〉であるというまさにその本質の故に、小野作品の「構造力学をひきしめる」作用をもたらす要素への賞賛たり得たのだ。

小野は谷川詩の中に造型的な「構造力学」の拡散を防ぐ〈歌〉の力を見出した。では、その力とは、具体的に言って何だったのか。この先は、谷川作品を具体的に検証するしかない。そのいくつかを探って行くことにしよう。まず、この上ない素朴さの中に鋭い批評を秘めた初期作品。

はなをこえて
しろいくもが
くもをこえて
ふかいそらが

はなをこえ
くもをこえ
そらをこえ
わたしはいつまでものぼつてゆける

はるのひととき
わたしはかみさまと
しずかなはなしをした

（『二十億光年の孤独』より「はる」）

小野の「雲も水も」と似た作品構造だが、垂直軸を加えることで独自の空間的拡がりを得ているのが特徴と言えるだろう。また、静謐きわまりないエンディングは、天性の音楽詩人の本領を発揮しているようでもある。この詩で批評精神は、いわば〈歌〉の通奏低音として、あるいは構造の基盤として、全体に潜在しながら鳴り続けている。小野詩論における「歌と逆に」を宿命的にあるいは本能的に前提としている、と言ってもいい。抒情に流れない静穏かつ硬質の〈歌〉である。この宿命性が本能的詩人・谷川俊太郎の本体だ。だが、この詩人の特異性は、北川透が言う「方法的な詩人」（「宿命の幻と沈黙の世界」前掲書所収）と本能的な詩人の共存のうちにこそある。ごく初期の頃から、抒情詩人としての資質に溺れることなく、谷川俊太郎は絶えず新しい方法を求めて更新を繰り返してきた。本能的詩人としてのインスピレーションに加えて、方法的詩人としてのクリティックを常に錬磨し続けているのである。その最も早い例を引用する。

三才
私に過去はなかつた

五才

私の過去は昨日まで
七才
私の過去はちょんまげまで
十一才
私の過去は恐竜まで
十四才
私の過去は教科書どおり
十六才
私は過去の無限をこわごわみつめ
十八才
私は時の何かを知らない

（「生長」）

『二十億光年の孤独』巻頭に掲げられたこの詩は、編年体による自伝スタイルを取りながら、およそ自伝とはかけ離れた情感を表現している。しばしば自ら述べているように谷川俊太郎は歴史的というより「地理的な」(『谷川俊太郎〈詩〉を語る』澪標、二〇〇三)人間であり、時間を空間的にとらえる方法を得意とする詩人である。「成長」ではなく「生長」と表記するのは生命の本質へのこだわりのためだし、年齢とともに拡大を続ける「過去」が一旦「教科書どおり」に収斂した後に「無限」へと再度拡大するのは自意識確立の喩であり、「時の何かを知らない」という最終行は非時間的性質の宣言である。つまり、この作品は自伝的スタイルを取ることで非自伝的自画像を描き出している、ということだ。編年体という構成は、きわめて批評的な意識に裏付けられた方法的詩人の本領を早くも発揮している、と言っていい。

4

しかし、谷川俊太郎の方法意識がより多様化して本格的な「細胞分裂」(北川透「カタログという戦略」前掲書所収)を始めるのは、一九六二年刊行の『21』からである。谷川自身がこの詩集で「初めて現代詩人として認められたらしいんです」(前掲『谷川俊太郎〈詩〉を語る』)と語っているように、それまであまりの華やかさとポピュラリティとある種のやさしさのために現代詩の世界で孤立しがちだった谷川俊太郎が、詩の前衛に躍り出た、と言ってもいい。鋭敏な批評意識と鮮烈な方法によって、それまでだれも考えなかった三つの実験を成功させた詩集である。詩集『21』の「方法」について、北川透は次のように要を得た解説を書いている(前掲書)。

それは三つの作品群に分かれている。そのひとつは先の「ゆるやかな視線」にみられる〈視線〉そのものの創出の試みであり、二つめは、「今日のアドリブ」としてまとめられている、ことばやイメージの連想作用をもとにおいたオートマチズム（広義の）への志向であり、三つめは「詩人たちの村」としてまとめられているが、その多くは詩を詩論として書く、あるいは詩がことば論と化している散文詩の試みである。それらはたとえば「ゆるやかな視線」→沈黙・イメージ（視覚性）、「今日のアドリブ」→饒舌・無意識性（非論理性）、「詩人たちの村」→語り・論理性、というように現象的にはまったく相反する多様な方法的な実験が試みられており、そこにも彼が対極となるものの渦動のうちにあることを見ることになるが、それはともかく、ここで戦後の詩は実に豊かな方法的広がりを与えられているというべきである。

谷川俊太郎の「大きな転回点に立った詩集」（同右）としてのみごとな位置づけと言うべきだろう。これに付け加えるなら、第一部が各二行七連構成（つまりソネットと同じ十四行）、第二部が行分け詩と散文詩の混合、第三部がすべて散文詩になっていて、「視覚性」から「非論理性」を経て「論理性」へと移行する展開が、ちょうど〈歌〉から〈語り〉へのカーブと一致する、ということだ。このカーブは、北川が指摘するもう一つの展開、沈黙→饒舌→語りの軌道とも一致する。各パートを代表するフレーズを挙げてみよう。

ひとりの女を見る
母を

ガラスのむこうの

空《そら》のように青い空《から》の壺《つぼ》
ひろげられた楽譜と
和音を照らし出すろうそくの光と
ちぎれた真珠のくびかざりと
水道管に垂れ下る氷柱《つらら》

（「へ」前半）

云いたいことを云うんだ　どなりたいことをどなるんだ　ペットもサックスも俺の友だち俺の言葉
が俺の楽器　ワンコーラスわけてくれ　いやツーコーラス　いやスリーフオア　いくらでもいい
一時間二時間六時間いや一日をまるごとくれよ俺に　黙ってるのは龍安寺の石庭　叫ぶのは俺だ
俺はのどだ　舌だ　歯だ　唇だ　のどちんこだ　声なんだ　俺はミスタージヤジージヤズー

（「スキャットまで」前半）

ヨーハンセバスチアンバッハは、虚空に音の伽藍を築いたのであるが、私は虚空にことばの円柱を築くのである。その円柱は真実という巨大な中空ゆえに、なにがしかの強度を有する一本の管の構造をしていて、装飾はすべてそれぞれの無数の毛根で管の中心にむすばれている。即ちそれは瘡《そう》の全種類を含んでいると云えよう。

（「ことばの円柱」冒頭）

いずれも音楽を主題にした作品だが、各々はっきりと「対極」を示していることがわかる。静から動へ、また静へというカーブが描かれるわけだが、第一部は初期作品の中心を成す静穏で和声法的な音楽を奏で、第二部は騒擾で即興的な音楽を、第三部は堅牢で対位法的な音楽を奏でている。行分け詩→亜散文詩→散文詩のカーブはハーモニー→アドリブ→ポリフォニーのカーブとぴったり一致する。

ここで、このカーブを小野詩論の「歌と逆に歌に」の曲線――むしろ折れ線と呼んだ方がふさわしいかもしれないが――に重ねたくなるのは私だけだろうか。冒頭に引用した小野書簡の謎のフレーズ「それはわたしの内部に折れ曲ってきて」とは、例えば詩集『21』の三部構成が描くこの曲線を指しているのではないか。仮にそうだとすれば、これに続く数多い〈詩論詩〉の谷川俊太郎こそが小野詩論の最大の継承者ということになる。一九六五年五月一日の小野十三郎がほとんど全面的と言っていい絶賛を表明した背景には、現代詩の最前線におけるまったく新しい〈歌〉の発見があったのだ。

【付記】本章雑誌掲載後に、谷川俊太郎氏自身から問題の手紙を頂戴した。手紙本文の日付には年が記されていないものの、封筒の切手添付部分に（昭和）四〇年（一九六五年）の消印が確認できた。

二章　物と歌　谷川、ポンジュ、プレヴェール、そして小野

1

現代詩の出発点をどこに置くかというのは、しばしば話題にされつつ容易に意見の一致を見ない、単純なようで微妙な問題である。この場合「現代詩」というのは「近代詩」と区別する概念のこと。そもそも「現代詩」という概念を認めないとした上で「近代詩」と「戦後詩」を論じた菅谷規矩雄などは別として、「現代詩」の上限は概ね大正半ば（萩原朔太郎による「口語自由詩」確立の頃）、下限は第二次世界大戦後と見るのが普通だろう。仮にエポックメーキングと見られる指標を『月に吠える』（大正六年）と『荒地詩集』（昭和二十六年）に置くなら、三十年以上の幅があることになる。それ以前の「新体詩」以後の歴史が『若菜集』（明治三十年）から数えてわずか二十年余だから、これではバランスを欠く。やはり萩原朔太郎（の晩年）までは「近代詩」と呼ぶしかない。

最近、荒川洋治が「現代詩」を「小野十三郎『大阪』が出た昭和十四年から現在までとする」（「一冊の本」二〇〇三年一月号、朝日新聞社刊）と書いていたが、その昭和十四年はまさに、萩原最後の詩集『宿命』が出た年でもある。私の考えでは、「現代詩」とは小野十三郎『大阪』から谷川俊太郎

『二十億光年の孤独』（昭和二十七年）の間に少しずつ生まれ、今日なお生き続けている詩のことを言う。あの未曾有の世界大戦をはさんだ十数年を詩そのものの「死と再生」の時期として一領域に収めれば、およその整理はできると思う。したがって、日本の二十世紀詩の歴史は、

1 新体詩 一八九七年（『若菜集』）－一九一八年（『月に吠える』）
2 近代詩 一九一八年（『月に吠える』）－一九三九年（『宿命』）
3 プレ現代詩 一九三九年（『大阪』）－一九五二年（『二十億光年の孤独』）
4 現代詩 一九五二年（『二十億光年の孤独』）－現在

の四期に分けて考えるのが便利だ。2の中に1を、4の中に3を含めばほぼ従来の定説通りになるが、組み合わせは任意。例えば、後三者をまとめて「現代詩」と呼ぶのも、前三者を「近代詩」と呼ぶのも（とりあえずは）可能だろう。

七面倒臭い時代区分の話から始めたのには理由がある。新体詩二十年、近代詩二十年、プレ現代詩十三年、現代詩五十年という数字は、いま現在私たちの詩が置かれている位置をわかりやすく示しているように思われるからだ。つまり小野十三郎から谷川俊太郎までの間に成立した「詩」こそが半世紀以上にわたって私たちの「詩」として認知され続けているなにものかである。ここでは具体的細部は保留にして、また様々な異論が出るのは承知の上で、以上の認識を前提とし、小野－谷川を座標軸とする「現代詩」のマトリックスを提出してみたい。

2

小野十三郎の詩集『大阪』『風景詩抄』は、戦時中の国粋主義的「精神主義」に対するアンチテーゼとしての「物質主義」を打ち出した詩集である。『風景詩抄』のエピグラフに「瞳は精神よりも欺かれることが少ない」というレオナルド・ダ・ヴィンチの「絵画論」からの引用が置かれているが、精神による思い込みより目で見たままを信じること、先入観や固定概念に頼らずにありのままを見つめることを重視した。「リアリズムの詩人」と呼ばれる所以である。まず、昭和十八（一九四三）年刊行の『風景詩抄』から「葦の地方（五）」を読んでみよう。

風の中に
煙がみだれる。

おれが草だつて。
むしろ鉱物だよ。

地に突き刺さつた幾億千万本のガラス管《チューブ》。

ひよつとすると
ああ、これはもう日本ぢやないぞ。

この詩では、大阪の重工業地帯の只中で「葦」が自らのアイデンティティであるはずの植物を否定し「鉱物」を自称している。その前行、風の描写はいくぶん「歌って」いるのだが、その「歌」をアイデンティティ否定という批評意識によって打ち消し、さらに次の長い一行では、工業製品としての物質性を主張し、さらに無数の「物」たちの連帯・共闘を主張する。最後に「ああ」という詠嘆があらわれるが、これは批評意識を通過した逆説的な「歌」だ。つまり、小野詩論の要である「歌と逆に。歌に」（『詩論』）が成立していることになる。一度「物の非情」を経た上での逆説的な「歌」がうたわれているのだ。これが小野作品の基本構造である。

このように無機物的な詩が当時の「精神主義」に対する批判として書かれた理由には、もちろん歴史的社会的背景があった。このあたりの事情をごく簡単に見ておこう。昭和十年頃からの小野には、萩原朔太郎以来の抒情詩の復活がきわめて危険な事態を引き起こしつつあるという予感があった。実は小野は詩人として出発した当初、萩原朔太郎の影響を強く受けている。いま挙げた「葦」にしても、最初の詩集『半分開いた窓』（大正十五年）では（字は「蘆」だが）官能的といっていいほど擬人化して描かれ、その生命感躍動感は萩原の「竹」に酷似していた。その後の様々な事情は省くが、要するに小野は萩原批判を繰り広げることで自己変革を達成し、歌に対して批評、抒情に対して非情、精神に対して物、自然に対して人工を、詩の原理にしていく。時代はちょうど、日本的な自然観やアニミズムやロマンティシズムやセンチメンタリズムをすべて巻込んで「大政翼賛」の精神主義へと雪崩れ込んで行く時期だった。そうした中で書かれたのが『詩論』だ。「精神」の危険性をいち早く察知し非情の美、物質の美に活路を求めた小野十三郎の詩と詩論は、歴史的な評価とともに現在的な評価もあらためてなされなければならない、それだけの意味と価値をもつものだ。
次に挙げるのは昭和二十二（一九四七）年刊行の詩集『大海辺』中の「壊滅」。

鉄はぼろぼろになり
そこら中の土や瓦礫や草にも赤錆びがきてゐました。
地面からじかに聳えてゐる一本の煙突《ストーク》も
（それが形として残つてゐるただ一つのものでしたが）
真中から上は吹つ飛んでしまつて実に無惨なありさまでした。

『大海辺』には戦中と戦後の作品が混じっているのだが、「壊滅」は、最初の一行からわかるように、敗戦直後の焼け跡を描いたものだ。いかにも荒廃した風景だが、真ん中あたりから、それだけではない異様な情景が現れる。

何があつたのでしよう。
何ごとが起つたのでしよう。
爆撃や地震ぐらゐでこんなにまでなるとは思へないのです。
長い歳月を経た
もつと自然な　もつと運命的な　そして救ひ難く頽廃的な
すさまじい荒れ方でした。

重工業の廃墟などといふよりは
何かもつともつと孤絶した暗さです。

詩はここで、およそ非現実的なまでに荒れ果てた情景を描いている。爆撃どころではない「すさまじい荒れ方」だというのだ。そしてその次、

たとへば発掘された始祖鳥か何かの骨のやうなものをそこに見てゐるやうな気持がいたしました。
浅い擂鉢状の傾斜の底は
シヤワーのやうな照明を受けてゐます。
太古さながらです。

ここには奇妙に清涼な、廃墟の中の明るさが表現されている。どれほど荒廃しようが「物」が発している非情の美は決して損なわれはしない、ということだろう。はるか未来から太古を振り返る（超時間的）視線が現実の廃墟の奥に不変の美を透視している、といえばいいだろうか。最後の五行は感動的でさえある。

そしてわが地球には
すでに人間がゐるのですね。
真蒼な向ふに

干網をつらねた砂丘が
見えました。

敗戦後の廃墟どころではない、はるか太古かはるか未来かわからぬような時間（それはもちろん現在のことだ）の中で、人間の営みの復活を祝うかのような、この不思議な明るさから戦後詩は出発した。

敗戦直後の昭和二十一（一九四六）年に小野十三郎、秋山清、金子光晴らが発刊した詩誌「コスモス」は、戦後詩の出発と呼ぶにふさわしい活動の場となる。小野はここで『詩論』の後半を連載し、「壊滅」その他の作品を掲載し、『大海辺』刊行に到る。また、同人相互の盛んな批評によって戦後詩の重要な磁場をも形成する。ちなみに「コスモス」とは「葦」の変形であり、いわば「葦」に開花の能力を加えたものだ。これがさらに数年後には詩集『火呑む欅』の「欅」になり、さらに「拒絶の木」（後出）へと変容していく。すべての出発点に「葦」があったわけだ。これらに一貫している小野詩論のテーゼとは、執拗な「歌」の拒絶にほかならない。

3

谷川俊太郎がごく早い時期から現代詩における「歌」の必然を主張していたことは、今では周知の事実となっている。敗戦後間もない一九五二（昭和二十七）年に出た『二十億光年の孤独』には「歌」への渇きや「音楽」への憧れが随所に表れているし、第二詩集『六十二のソネット』が詩の「音楽」にあふれていることもまた、今では広く認められている。谷川にとって「歌」は、いわばアプリオリなものだった。この点、永年にわたって歌の魔力を警戒し「「歌」は遅いほどいい」(『詩論』)と主張した小野十三郎とは好対照である。もちろん、世代の違いがある。小野が青春を過ごした大正、昭和初頃には今日のような音楽はあふれていなかった。青少年期の小野にとって音楽とは、まず何よりも浪花節や都々逸や長唄であり(実母が芸者だったということもある)、壮年期には軍歌一色だった。いずれも日本古来の七五調への無意識的回帰による「短歌的抒情」の歌だった。これに対して、谷川の場合、少年期が戦時中だったとはいえ、「進歩的知識人」の家庭でピアノを習いベートーヴェンのレコードに陶酔し、戦後はあふれる西洋音楽に全身浸って青年期を過ごした。四十九歳の小野が「音楽」をなお執拗に警戒していた頃、二十歳の谷川は「音楽」を全身で浴びていた。詩を鍛えるために音楽を遠ざける必然のあった小野と、詩を書き始めるより先に音楽への耽溺があった谷川は、戦後詩における二つの世代の典型をみごとに体現している。

まったくといっていいほど接点がないように見える二人の詩人が、実は一九五〇年代後半にきわめて明確なかたちで共有した詩人があった。ジャック・プレヴェールである。「枯葉」や「バルバラ」の作詞で知られるこの「シャンソン詩人」は、戦後早くから日本でも人気を博し、現代詩にも多くの影響を与えた。谷川俊太郎の初期の評論にも、プレヴェールの作品を引用したところがある。

夜のパリ　　　　プレヴェール

三本のマッチ　一本ずつ擦《す》る　夜のなかで
はじめのはきみの顔を隈《くま》なく見るため

つぎのはきみの目をみるため
最後のはきみのくちびるを見るため
残りのくらやみは今のすべてを想い出すため
きみを抱きしめながら。
（小笠原豊樹訳）

――この詩を浅薄だという人は、生きることがどういうことか知らない人だ。
そうして、プレヴェールのこの軽やかな歌い口が、私に詩人のもうひとつのジレムマを思い出させる。
（「世界へ！」一九五六年初出）

この時期の発言としてはかなり大胆とも言えるが、これが終始一貫した谷川の姿勢であることは、その後様々な本の中に繰り返し再録されてきたことからもわかる。つい最近のものだけでも、『谷川俊太郎ヴァラエティ・ブック』（マガジンハウス、一九九九）と『沈黙のまわり』（講談社文芸文庫、二〇〇二）が挙げられる（引用の翻訳はマガジンハウスのものが正確）。

ここで谷川は、「詩から一切の曖昧な私性を完全に追放」した「完全な虚構」としての詩を宣言しているのだが、そこで引用されたのがプレヴェールだったことは重要だ。作者が完全に作品の背後に姿を隠して詩を「完全な虚構」にする、という方法は当時小野十三郎が描いたプレヴェール像と完全に一致するからである。

「歌と逆に歌に」を模索していた小野十三郎もまた早くからこの詩人に興味をもち、しばしば詩論等で言及している。

（……）プレヴェールはまるで出生から今日までズブの素朴な民衆の詩人であった如く振舞って、自ら彼のそのシュールリアリズム時代の足跡を消し去っているように見える。そして事実、作品の上でもそれがほとんど完全に消され、かくされていることが、彼の詩が下町の労働大衆の感性に自然にマッチし、親しまれ愛されているいわれだろう。さらに云うならば、彼はそういう実験や方法の痕跡を消すのみならず、作者である彼自身の名前をも消し去って、作曲者であるコスマや、歌い手であるイヴ・モンタンやグレコの名が辛うじて大衆の記憶に残されているというような状態で、彼の詩がひろまっているということに、大衆は暗黙裡に無限の信頼感をよせているのではないかとも想像される。

（「続詩論」）

まるで谷川の宣言をパラフレーズしているかのような叙述ではないだろうか。「続詩論」が雑誌「現代詩」に連載されたのは一九五八年二月号から十一月号までだから、「世界へ！」の少し後ということになる。ちなみに、小笠原豊樹訳『プレヴェール詩集』（書肆ユリイカ刊）が出たのが一九五六年。谷川の「世界へ！」はその直後に書かれていた。五〇年代後半のプレヴェール・ブームの中に世代を異にする二人の詩人が同時にいた、ということだ。一九五九年には雑誌「ユリイカ」がプレヴェール特集を編んでいる。ついでに付け加えれば、プレヴェールの翻訳者小笠原豊樹こと岩田宏は、雑誌「現代詩」の編集をしていたこともあり、小野とも谷川とも関わりの深い詩人だった。岩田－谷川－小野というプレヴェールをめぐるトライアングルがうかがわれる。

だが、実はこれより以前すでに、谷川はきわめて「プレヴェール的」と言える作品を書いていた。

夕暮

死者のむかえる夜のために
今日残されたものはひとつの夕暮
うす闇に
しばらくはふりかえるひとのうなじ

貧しい者の明日のために
今日残されたものはひとつの夕暮
手をつなぎ
家路をたどる子等の歌

(『愛について』一九五五、所収)

明らかに「歌」(この場合は実際に曲をつけて歌えるという意味で)を意識して書かれたこの作品は、プレヴェールとの出会い以前からすでに、この詩人の中で「民衆の歌」への志向が芽生えていたことを示している。きわめて上質な「歌謡」性のことだ。前半部(歌だと一番)の最終行に漂う曖昧な情緒から後半部(同じく二番)を締め括る明快な(それだけに単純な)情緒への展開は、この作品の「大衆性＝民衆性」を明確に主張している。この点は、先に挙げた「夜のパリ」と同様だろう。谷川にとって、プレヴェールの発見とは自己発見にほかならなかったのだ。

後年、小野十三郎は「現代詩手帖」のプレヴェール特集（一九七九年三月号）の中で、この当時を振り返って次のように書いている。

（…）このシャンソン（「枯葉」）が流行したころには、プレヴェールの詩を作曲したコスマのような人が日本にもいて、その人が私の詩に興味を持って一つか二つか曲を付してくれたらたのしいだろうなと本気に思ったものです。あのころ、北川（冬彦）さんたちは音楽家と提携して「蜂の会」というのを作って、定期的にオウディションを催していました。谷川俊太郎さんもそんな集りを持ってました。うらやましかった。とにかくあのころは、私の詩も「歌」にちょっと接近しようという想いを持っていましたからね。

（「プレヴェールを追って」）

谷川俊太郎を「うらやましかった」とは、いかにもこの詩人らしい率直な（？）物言いだが、この言葉に偽りはない（七十六歳の詩人の言葉だけに重みがある）。小野は続けて、自分の詩がおよそ音楽にするには不適と認めつつ、「プレヴェールのあとを追うように」詩を「庶民の話し言葉」に近付けることで日常言語と詩の言語の間に「新しい関係を私の詩の言語空間にも導入しなければ」と考えるに到った経緯を述べ、さらに続けてこう書いている。

これからなお詩を書きつづけて行っても、私の詩はついに口こみでストレートに対話が成立するようなかたちの詩にはならないかもしれません。それでも、私はいま、詩を自分の生き方を問う思考形式の範囲にとどめておけない気持が強いので、詩論としては大まかであることを承知しながら、

「歌と逆に歌に」のこの「歌に」という方向に目標を定めて、詩の作り方の上で模索をくりかえしています。以前は、「歌と逆に」行く方にウェイトを置いた私も、いまは「歌に」直進する方に、詩の力学を見ているというわけです。

さらに小野は、「プレヴェールを意識して書かれ」た作品として、詩集『垂直旅行』（一九七〇）から「雀」と「消えた村」を挙げているのだが、ここでは敢えて詩集『とほうもないねがい』（一九六二）の巻頭作品を紹介したい。筑摩版『著作集』ではなぜか削除されている作品である。

あたっていきなよ

土をもちあぐ　しもばしら
氷れる空よ　野の欅
バキ、バキ、バキッと音たかく
たき火ははぜる　もえあがる
　あたっていきなよ　まにあうぜ
おいらの仲間の大たき火
こはくの色の夜の明けを
　バキ、バキ、バキッ
バキ、バキ、バキッ、バキッと

はぜている

この作品には芥川也寸志作曲による楽譜が付いていて、作詞が小野十三郎。「詩」ではなく「詞」だからという理由で『著作集』から外れたのかもしれない。

詩集『とほうもないねがい』は思潮社の「現代日本詩集」という書き下ろしシリーズの第一弾として出た。この後第五弾として谷川俊太郎『21』が出ている。谷川の詩集が散文詩を中心とする実験的（前衛的）作品であるのに対して、巻頭に「歌」を置いた小野の詩集もまた別の意味で実験的な作品である。どちらも同様に、従来の殻を意図的に破ろうとした意欲作である点が注目される。「現代日本詩集」全九冊が出たこの年（一九六二）あたりに戦後詩の一つの転換点を見たいところだが、今は小野の作品に戻ることにしよう。

「あたっていきなよ」は小野の数少ない「歌詞」の一つだが、はたしてプレヴェールのように「複雑にからみ合ったものを、瞬時にして、単純に組みかえてみせる言葉の魔術」（「詩論255」）たり得ているかと言えば、答は否だろう。七五調を中心にオノマトペの効果を借りて詩を歌に近付ける、という方法はいかにもオーソドックスすぎて、小野詩固有の「歌と逆に歌に」からほど遠いし、「大衆」の「無限の信頼感」（前掲）を得られそうでもない。この「詞」には実はプレオリジナルと呼ぶべき「詩」があって、それは詩集『重油富士』（一九五六）に収められていた次のようなものだ。

日の出

海からか。
山の端からか。
新しい年の太陽は
どこから射しそめるのか。
千年の杉木立の暗闇には
真白な長尾鶏がいる。
そのあたりからか。
明け方の雲にほんのりと茜がさすのは。
それとも〆縄を張りわたした岩と岩のあいだから
今年も金箔の大円で
のっそりと上ってくるか。
寒々とした陽よ。ここにおいで。
ここには人間がいる。
ちょっとはつむじの一つも曲げて、太陽よ。
あたりにおいで。ここへ！
バキッバキッと音をたてて燃える
この焚火のそばへ。

同じオノマトペを用いた同じモチーフの作品だが、こちらがはるかに優れた作品であることは論を待たないだろう。元旦の日の出という多くの日本人に共有の（おそらく伊勢神宮と二見浦夫婦岩の）イメージから始めて「寒々とした陽」を焚火に誘うという固有のイメージに終わる手法は、「歌と逆に歌に」の成功例の一つと呼んで差し支えない。小野詩の「歌」とは、こうした過程の後の一瞬の閃きにあるのであって、始めから「歌」として成立するような性質のものではなかった。「続詩論」に書かれている、

彼（プレヴェール）の詩は歌となって私の心に達するが、その歌のほんとうの媒体となっているものは、音楽ではなく固形物なのだ。それが読者である私の心に持ちこまれると、たちまち爆発して歌をよびおこす。

というような「歌」の爆発力とは、メロディやリズムにそのまま乗せられるような種類のものでは所詮なかった。あくまでも最終コーナーぎりぎりのところで一挙に爆発するような一瞬の「歌」こそが、小野十三郎の本領だったのである。

谷川俊太郎においてアプリオリであった「歌」が、小野十三郎にとっては大きな迂回路を経なければ到達できない遙かな到達点だったということ。そこには戦争体験という大きなバイアスがあったことは言うまでもない。プレヴェールなどはそのバイアスを経て「民衆の歌」へと回帰した例外中の例外だろう。そのプレヴェールに青年らしい全面肯定で同化した谷川と、憧れながらついに同化を果せなかった小野は、戦後詩の両極と言えるだろう。

4

プレヴェールの「発見」から約十年後、再び小野と谷川は同じ一人の詩人を共有することになる。同じくフランスの詩人フランシス・ポンジュである。詩集『物の味方』をサルトルが絶賛して以後、二十世紀後半を代表する詩人と目されるようになった。第一次大戦後にヨーロッパ全体を覆った絶望感を「荒地」と呼んだのはイギリスの詩人エリオットだが(その認識から四半世紀を隔てた第二次大戦後に日本の「荒地」派が生まれた)、また、フランスではそうした時代風土に屹立すべき詩人の立場から、ヴァレリーの主知主義が硬質の抒情を提唱したのだが、ポンジュもまた、非情の美、物質の美に現代詩の活路を求めた詩人の一人である。『物の味方』の刊行は一九四二年だが、ポンジュの世代は明らかにエリオット、ヴァレリーと直につながっている(したがってプレヴェールとも小野十三郎とも同時代である)。日本で阿部弘一による全訳が出たのは一九六五年で、かなり遅くなるが、この頃エリオットやヴァレリーの全集が出て広く読まれたことと、ポンジュの登場は無関係ではない。一九七〇年前後にかなり広範にわたって日本の現代詩人たちに影響を及ぼした詩人の一人だ。

ポンジュの代表作「牡蠣」を見てみよう。サルトルは、ポンジュの詩の特徴が「言葉の垢落とし」にある、と書いた(「人と物」鈴木道彦・海老坂武訳『シチュアシオンI』人文書院)。様々な概念や理念や意味が付着した言葉を洗い流して「〈物としての言葉 mot-chose〉」を出現させる、ということだ。また、人間からできるだけ離れること、とりわけ頭から離れること、とも書いているが、これは脱精神主義を目指した小野十三郎にも共通する特徴だろう。

牡蠣は、ふつうの小石ぐらいの大きさだが、外見はもっとざらざらしており、それほど単一な色でなく、みごとにまっ白っぽい。それは頑固に閉じられた世界だ。しかし開けることはできる。そのためには、布巾のくぼみにそれをつかみ、刃こぼれしたやくざなナイフを使って、何度も繰り返し試みなければならない。物好きな指が切れ、爪が裂ける。荒仕事なのだ。そいつに加える打撃の一つ一つが、その外殻に光暈のような白い丸傷をつける。

（「牡蠣」前半部、筆者訳、以下同）

散文詩「牡蠣」を読むと、たしかに物の側から描かれた非情の美が立ち上がっていることがわかる。「頑強に閉じられた一つの世界」つまり「物の世界」が克明に描かれているのだ。だが、それは（相当の苦労を伴う作業によってではあるが）「開くことができる」世界でもある。ここで詩人の視線は「物の味方」につきつつも「人の側」から物に向けられているのだ。だから後半では、

内部に見出されるのはまるごと飲み食いできる一つの世界である。真珠母の天空（厳密に言うとして）の下で、上の天が下の天に垂れ下がってただ一つの沼をつくり、ねっとりと緑っぽい小袋のようなその沼は、へりを黒っぽいレースで縁取られ、匂いも見た目も潮のように満ち引きしている。

と、一個の牡蠣は広大な海に喩えられ、いかにも象徴的な宇宙観、照応《コレスポンダンス》の世界への憧れを吐露し、伝統的なサンボリスムの詩学に収斂してしまう（この点は、谷川と小野がともに初期に好んだと言うシュペルヴィエルも同様だ）。また、最後の部分では、

時折ごく稀に、その真珠母の喉に小さな形が珠を結ぶのだが、するとすぐに身を飾ることを思いつく。

と、ユマニスムの国の人らしく鋭い人間観察をも怠っていない。言い換えれば、「物の味方」とはいっても物そのものには徹しきれない人間中心主義を感じさせている。もちろん、これは個性であって優劣の問題などではない。フランス詩の伝統の重さを感じさせずにはいない、ということだ。

谷川俊太郎の散文詩集『定義』は、ポンジュからの影響が大変わかりやすく出ている作品だが、これまであまりポンジュとの関わりは注目されてこなかった。『定義』は一九七五年刊行だから、七〇年代のポンジュ受容と無縁ではない。散文詩集とはいっても、谷川自身はこれを「徹底した散文で書いてみたかった」と述べていて、ひとまず詩から離れた結果が散文詩になった、ということだろう。帯文に「できるだけ正確な散文を書くことによって詩に接近できるか!／詩の曖昧さを突破った実験詩集」というキャッチが書かれているが、例えば「りんごへの固執」などはまさに「詩の曖昧さを突き破る」という意図に徹することで逆に詩が現れる、そんな書き方になっている。

紅いということはできない、色ではなくりんごなのだ。丸いということはできない、形ではなくりんごなのだ。酸っぱいということはできない、味ではなくりんごなのだ。高いということはできない、値段ではないりんごなのだ。きれいということはできない、美ではないりんごだ。分類することはできない、植物ではなく、りんごなのだから。

ここでは色や形や味や値段といったりんごの属性が次々と否定されている。サルトルがポンジュの作品を評した「言葉の垢落とし」と同じことが行なわれているのである。あらゆる修飾や分類を排除することでりんごの「物自体」が求められるのだ。次のパラグラフでは、今度は様々な動態表現によるりんごの描写が「物自体」としてのりんごの生態を暴き出していく。

花咲くりんごだ。実るりんご、枝で風に揺れるりんごだ。雨に打たれるりんご、ついばまれるりんご、もぎとられるりんごだ。地に落ちるりんごだ。腐るりんごだ。種子のりんご、芽を吹くりんご。りんごと呼ぶ必要もないりんごだ。りんごでなくてもいいりんご、りんごであってもいいりんご、りんごであろうがなかろうが、ただひとつのりんごはすべてのりんご。

次いで「紅玉」や「国光」といった名詞表現、個数や重さや生産運搬消費の過程が記され、さらに「りんごだあ！　りんごか？」という叫びと疑問が記されることで、ついには「りんご」という名称自体が消え去って、単に「それ」とだけ呼ばれる「物」が出現する。さらに、

答えることはできない、りんごなのだ。問うことはできない、りんごなのだ。語ることはできない、ついにりんごでしかないのだ、いまだに……

というエンディングは「りんご」のイメージを鮮明に印象づけるのだが、「りんご」にまつわる諸々の「意味」は排除され、「物自体」としてのりんごだけが残る。つまり、意味としてのりんごが排さ

れて物としてのりんごだけが残るわけだ。ポンジュの「言葉の垢落とし」から生れたこの即物的なイメージは、現代詩の一つの方向性を確かに示していた（あるいは今もなお示し続けている）といっていい。

一方、一九七〇年前後の小野十三郎もまた、ポンジュをかなり意識した詩を書いている。例えば、『垂直旅行』（一九七〇）は、前述したようにプレヴェールを意識した作品を含むとともに、ポンジュをも意識していたようで、この頃の試行錯誤が垣間見られる詩集だ。ここには「物の手ごたえ」と題された十四篇の作品群があり、題名からして当時のポンジュ受容から生まれた作品と思われるのだが、意外なことに、これら一連の「物」詩篇では、小野作品固有の硬質の美が損なわれ、むしろ「物」の背後に垣間見える人間的情感の方に重点が置かれている。例えば「切り出しナイフ」と題された詩。

切り出しナイフで
ボール紙を断っていたのだ。
六角の小函を作るために。
造作ないと云うな。
小刀だってまっすぐに引くことはむつかしいのだ。
まして正確に六角に断つことは。
明け方に夢を見てうなされた。
小学時代のあの手工の時間。
教室の窓が夢の中に映っている。

その向うに
六十年昔の矢田の山。

これを前掲の「葦の地方（五）」や「壊滅」などと比べた場合（もちろん時代状況や年齢などの相違は前提として）、どう見ても優れているとは言えないだろう。生活の中にあるごくささやかな物を通して遠い過去を透視する、という手法はそれなりに評価されるべきだろうが、透視されるその過去が「小学時代の手工の時間」というのでは、「壊滅」の「太古」や同じく『大海辺』中の詩「十一月の或る日の空」の「四千年程昔」の風景幻視と比べればいかにも規模が小さい。そもそも小野詩の特徴はこのようなささやかな個人的情緒にあるのではなかった。
「物の手ごたえ」所収の短詩「鋏」は次の四行だけの作品だ。

どこへ行った？
あの重い大きな裁縫用の断ち鋏。

足の爪がのびた。
切らにゃ。

庶民の生活情景を速写した微笑ましい短詩ではあるが、これを、おそらく同時期に同じくポンジュの影響下に書かれたと想像される谷川俊太郎の「鋏」（『定義』）と比べるのは酷だろうか。

これは今、机の上で私の眼に見えている。これを今、私はとりあげることができる。これで今、私は紙を人の形に切ることができる。これで今、私は髪を丸坊主に刈ってしまうことすらできるかもしれない。もちろんこれで人を殺す可能性を除いての話だが。
（略）
何故ならこれは、このように在るものは、私から言葉を抽き出す力をもっていて、私は言葉の糸によってほぐされてゆき、いつかこれよりもずっと稀薄な存在になりかねぬ危険に、常にさらされているからだ。

小野の「鋏」が生活情景の一スケッチに止まるのに対して、谷川の「鋏」では、「物」の根源への凝視が「物」と「言葉」の抜き差しならない緊張を生むことで「ものへの接近がものからの逸脱となる矛盾」（北川透「怪人百面相の誠実」『谷川俊太郎の世界』思潮社、所収）を暴き出しているところに「詩の現前」（同）を見ることができる。北川透が挙げている「コップへの不可能な接近」などは、まさにポンジュ的と形容するしかない言葉の「自由な運動」（同）の好例と言うべきだろう。

それは底面はもつけれど頂面をもたない一個の円筒状をしていることが多い。それは直立している凹みである。重力の中心へと閉じている限定された空間である。それは或る一定量の液体を拡散させることなく地球の引力圏内に保持し得る。

このような純然たる描写から次第に記述は多方面へと拡散し、最後には「物」を「言葉」によって定義することの不可能性に到達する。

それは主として渇きをいやすために使用される一個の道具であり、極限の状況下にあっては互いに合わされくぼめられたふたつの掌以上の機能をもつものではないにもかかわらず、現在の多様化された人間生活の文脈の中で、時に朝の陽差のもとで、時に人工的な照明のもとで、それは疑いもなくひとつの美として沈黙している。

「ひとつの美として沈黙している」物体に到達した時、「言葉」はおのれの自由と引き換えに無力をもさらけ出すことになる。谷川自らが「極端にいえば」と断りつつ「『定義』という詩集は結局、定義のパロディー」（大岡信との対談集『批評の生理』新装版、思潮社）と言うのも、「接近」が「逸脱」にならざるを得ない「矛盾」（北川）の中にこそ「言葉の自由＝詩の現前」が実現することを、谷川が熟知しているからである。この発見（と呼んで差し支えないだろう）は、サルトルがポンジュの『物の味方』を「〈物としての言葉 mot-chose〉から成る作品」と呼んだのと同様、「言葉」と「物」の矛盾をもたらすものであるだけに、かえって「言葉」の自由を保証するものでもある。なぜならこの時「物」とはその完全な沈黙の中にこそ秘められた詩の現前であるからだ。言い換えれば、詩とは「言葉」と「物」の矛盾の只中に繰り広げられる空間にほかならない。「コップへの不可能な接近」の末尾に加えられたいささか教訓的なメッセージ――

我々の知性、我々の経験、我々の技術がそれをこの地上に生み出し、我々はそれを名づけ、きわめて当然のようにひとつながりの音声で指示するけれど、それが本当は何なのか——誰も正確な知識を持っているとは限らないのである。
——にもまた、「名」によらない「物」自体の現前という「詩」が込められているのだ。

5

小野十三郎の「物」の詩とは、ポンジュや谷川俊太郎の場合とは異なって、実は「物」そのものを主題とした作品の中にあるのではない。それはむしろ、「葦の地方」のような「物」の擬人化や、「壊滅」のような消滅寸前の物体（＝廃墟）の中を漂う精神の中に、言い換えれば物としての精神の中に遍在している。例えば、詩集『拒絶の木』（一九七四）の表題作などは、明らかに『物の味方』からの影響を受けつつ小野独自の「非情の美」を凝縮した秀作と言っていい。

立ちどまって
そんなにわたしを見ないで。
かんけいありません、あなたの歌にわたしは。
あなたに見つめられてる間は
水も上ってこないんです。
そんな眼で

わたしを下から上まで見ないでほしい。
ゆれるわたしの重量の中にはいってこないでください。
未来なんてものではわたしはないんですから。
気持のよい五月の陽ざし。
ひとりにしておいてほしい。
おれの前に
立つな！

「おれが草だって。／むしろ鉱物だよ。」（「葦の地方（五）」前出）と嘯いたあの「葦」が、三十年余という長い時間をかけてついに「木」に変容した。どちらも旧来のアイデンティティを「拒絶」し独自の存在を主張することで、詩精神のみごとな喩となり得ている。この詩を、例えばポンジュの次のような作品と比べてみよう。

否、むしろ、もっと悪いことは、不幸にも奇怪であるものは何ひとつない、ということだ。《自己表現》のためのあらゆる努力にも拘らず、彼らは、ただ無限に同じ表現を、同じ葉をくりかえすよりほかはない。春、忍耐に疲れ果てて我慢ならなくなると、彼らは、あふれてゆく緑の波、緑の嘔吐のなすがままだ。そして、様々な讃歌がうたわれ、それが彼らの内部から立ちのぼり、全自然にひろがり、全自然をつつんでゆくことを信じている。それでもなお、彼らは、無数の典型を、同じ覚書、同じ言葉、同じ葉を仕立てあげているにすぎないのだ。

〈樹は、樹であることから脱出することはできぬ。〉

（「動物《フォヌー》と植物《フローール》」部分『物の味方』所収、阿部弘一訳）

「樹は、樹であることから脱出することはできぬ」という認識の深まりが、小野の「拒絶の木」の根幹にも感じられはしないだろうか。樹木の無言の〈自己表現〉に耳をすまし目をみはる態度が深い自己認識に直結している点も、両者に共通した特徴だ。この沈黙の中からこそ新しい歌（＝「讃歌」）が生まれてくる、という認識もまた共通している。

もちろん、ここで響いている「歌」は通常の抒情歌でもなければ子守歌的な郷愁の歌でも「うたごえ」運動の素朴な労働歌でもない。要するに「短歌的抒情」から最も遠く「浪漫的貴族主義」からも「労働者的連帯主義」からも同様に遠い、まったく新奇な「歌」なのだ。さらに言えば、諧調や調和、韻律、律動とは無縁の、破調の歌であり、驚愕の歌、覚醒の歌である。「拒絶の木」の最後二行で読者は思わず声を失い沈黙の中に立ち尽くす。その深い沈黙の中にこそ、詩人と読者との交感がたしかに実現するのだ。ポンジュも小野も、そして谷川も、「物」の沈黙の中に微かな「歌」の誕生をたしかに聴き取っている。

ここであらためて、ポンジュ／谷川俊太郎／小野十三郎をつなぐイメージを並列してみたい。いずれも「樹木」を主題にした作品である。

無為の彼らは、自分の独特な形態を複雑化することに、もっとも複雑な感覚で完全に自分の肉体を分析することに、時を過しているのだ。どこで生まれようと、いかに彼らが隠蔽されていようと、彼らは、自己表現を達成することだけに熱中しているのだ。準備をする、飾りつけをする、そして、解読されるのを待つ。

彼らは、人の注意を惹きつけるために、自分の姿勢と線しか用意していない。時として、例外的な記号、つややかな香り高い小瓶や爆弾の形をした、眼と嗅覚に訴える特異な叫びがある。人はそれを彼らの花というが、勿論、それは傷痕なのだ。

永遠の葉のこの変異は、たしかに何かを意味している。

（ポンジュ「動物《フォーヌ》と植物《フロール》」部分『物の味方』所収、阿部弘一訳）

一枚の木の葉は、完璧な系の一端にある。その葉脈は純粋に機能的なものであるにもかかわらず、我等に読みとられることを期待するかの如く実現している。（殆ど、書かれていると言ってもいいほどだ）それを予言書として読む者は僧院で死すべきであり、それを設計図として読む者は発癌するだろう。それを地図として読む者は森に踏み迷い、それを骨として読む者は、秋の日長を歌い暮らすが良い。

たとえそのような誘惑にのらず、そこに何ものをも読まぬとしても、我等は人間の尺度から逃れ得ず、完璧な系はいかなる視線もとどかぬ彼方ですでに閉じ終っていることは明らかである。一本の痩木といえども、そのことを飽きずに体現しているのだ。葉によってのみならず、空へ伸びる梢によって、土をまさぐる根によって、その弱々しい枯れざまによってさえ。

（谷川俊太郎「完璧な系の一端」全文『定義』所収）

はじめて見たように
眼をかがやかせて
木々の芽吹きを見ている者も
いま、世界に何人かいるだろう。
夜あけの空に爆発する樹木。
地底から上がっていく水。
網の目になった枝のひろがり。
だが、ほんとうに
はじめて見たように
木々の芽吹きを見るためには
夜あけの空の下で
しずかに　いま
眼を閉じなければならない人もいる。
そんな時がくる。

（小野十三郎「はじめて見たように」全文『樹木たち』所収）

まさに三者三様と言うべきだろうか。あるいは樹木の普遍性に注目するべきだろうか。樹木が樹木そのものとして沈黙しながらひそかに「物の歌」をうたっている様子をきわどく言葉に念写した、そんな趣の作品ではないだろうか。ポンジュの「花」、谷川の「葉」、小野の「芽吹き」に注がれた眼差しは、各々の個性を主張しつつもその本体である樹木の体系（ポンジュ「自分の独特な形態」、谷川「完璧な系」、小野「網の目になった枝のひろがり」）を透視している点においてみごとに一致している。ポンジュの木は「自己表現を達成」することに熱中し「解読されるのを待つ」のだし、谷川の木もまた「我等に読みとられることを期待するかの如く実現している」。また、小野の木は「木々の芽吹きを見ている者」に対して「眼を閉じ」ることを要求するのだが、その要求はさらに木の「芽吹き」を凝視させるため、つまりより深い「解読」のためなのだ。

もちろん、このような一致はまた、それぞれの個性を互いに際立たせているとも言えるだろう。同じく体系を透視するとは言っても、ポンジュは視覚と嗅覚のコレスポンダンス（「つややかな香り高い小瓶や爆弾の形をした、眼と嗅覚に訴える特異な叫び」）のうちに「花」という「傷痕」を提出し「何かの意味」を保留にするが――それは『悪の華』にまで繋がるフランス現代詩の根かもしれない――、谷川の「完璧な系はいかなる視線もとどかぬ彼方ですでに閉じ終っている」という認識はいくぶん悲観的に「人間の尺度」の限界性を示している。小野の「夜あけの空に爆発する樹木」にいたっては人間的な情感をいっさい拒絶していると言っていい。ポンジュの楽観に谷川の悲観、それに小野の達観、といったところだろうか。いずれも長い詩歴のごく一端に過ぎないと言えばそれまでだが、こうした特徴は、それぞれの詩人の作品全体を意外と長い射程で貫いているように思われる。

6

谷川俊太郎の詩集『定義』（思潮社）は、まったく同時（一九七五年九月）にもう一冊の詩集『夜中に台所でぼくはきみに話しかけたかった』（青土社）と共に刊行されたことでも、話題になった。谷川自身が言うように、「二つの違う系列の詩」を並行して書いている現状をかんがみて「自分はこれでいいのかということを、思い切って出版の形ではっきり疑問として提出してみたい」（前掲『批評の生理』）という動機がそこにあった。徹底して散文にこだわって「物」を描くことに執着した――それ故必然的にモノローグを連ねることになった――『定義』に対して、『夜中に…』の中心を成すのは様々な他者とのディアローグである。ほんの一例だけを挙げておこう。

10　チャーリー・ブラウンに倣って

寝台の下にはきなれた靴があってね
それでまた起き上る気になったのさ今朝
全く時間てのは時計にそっくりだね
飽きもせずよく動いてくれるもんだよ

話題を変えよう

雑草の上を風が吹いてゆくよ
見尽した風景をぼくはふたたび見てみてる

話題って変りにくいな

これが谷川のディアローグの基本形だ。相手が実在の人物のこともあれば虚構の存在であることもあるが、口調はあくまで自然で和やかで親しげである。まるでシャンソンの歌詞のように。プレヴェールの影響と言いたいのではない。歌うように語る谷川詩の口調が現代日本語による「歌」の口調――もちろん日本古来のではなく、西洋文化の圧倒的な影響の中で現代日本語がこの百年ほどの間に身に付けてきた身振りのようなものとしての「歌」の口調――にかぎりなく接近している、と言いたいのだ。モノローグの「語り」による『定義』とディアローグの「歌」による『夜中に…』の同時生成という現象は、現代詩の在り方そのものの縮図をみごとに両極から描き出している。その両極の背景には「物」の沈黙と「歌」の誘惑がそれぞれ潜んでいる。「物」を歌わせ「歌」を鎮めるための「詩」が時折書かれるのも、詩人がこの両極を隈なく知悉しているからだ。小野十三郎の『垂直旅行』や『拒絶の木』もまた「歌」と「物」の両極を往還すべく編まれた詩集だったように、「物」から「歌」へ、「歌」から「物」への往還運動は、詩をさらに言葉の高みへまた深みへと誘い続ける装置として、今後も機能し続けるのだろう。

詩集『minimal』にもまた、「物」と「歌」を自在に往還する詩があふれている。

泥

記憶は
濃い
夕闇

悔いも
老いには
かすかな光
もう咲かない
花々の
種子

今も蒔き続け
泥を
歌わせる

「泥を／歌わせる」詩の力とは、開花能力をなくした花の種子をなお「蒔き続け」ることだ。沈黙している「物」に詩の力を与え歌わせることだ。小野十三郎が戦前から戦後にかけて「物」の沈黙の中に聴き取った微かな「歌」の旋律は、いまこうして谷川俊太郎の自在な声に乗って、のびやかに歌い続けられているのである。

【付記】　本章は、最初『谷川俊太郎《詩》を語る』（澪標、二〇〇三）に収録したものだが、小野十三郎論の執筆と同時進行していたために、「6」の部分を除くほぼ全体が『小野十三郎論』（砂子屋書房、二〇〇四）中の「第七章」と重複していることをお断りする。

Ⅱ　身体の詩学

一章　谷川俊太郎の二十一世紀詩

『minimal』から『夜のミッキー・マウス』へ

1　詩の裸身

『世間知ラズ』（一九九三）以来約十年ぶり[1]の谷川俊太郎の新詩集は、思いがけない方向から我々の前に現れた。「現代詩手帖」二〇〇二年五月号から七月号にかけて連載され同年十月に刊行された『minimal』である。全三部三十篇から成るこの詩集の巻頭作をまず掲げておこう。

襤褸

夜明け前に
詩が
来た

むさくるしい

言葉を
まとって

恵むものは
なにもない
恵まれるだけ

綻びから
ちらっと見えた
裸身を

またしても
私の繕う
襤褸

各連とも短いフレーズの三行から成る、文字通り「ミニマル」な作品である。まるで長い沈黙の彼方からようやく「詩が」訪れたかのような書き出しは、いささか演出気味とはいえ、「詩」の復活を鮮やかに徴づけている。

擬人化された「詩」は「むさくるしい／言葉を／まとって」いながら、なぜか女神のように崇高だ。

それは、第三、四連が詩人にとっての恩寵を思わせるように書かれているからだろう。襤褸をまとっているからこそ「ちらっと見え」る「裸身」——詩のほんとうの姿——を「私」は「恵まれる」のだが、せっかく垣間見えたその「裸身」を、「私」は、「言葉」という襤褸を「繕う」ことで再び見えなくしてしまう、というのが作品の筋道だ。ここには、「言葉」と「詩」の関係について、微妙だが明確な認識が示されている。言葉という襤褸に包まれた詩の裸身を垣間見ることが詩人にとっての恩寵なのだが、それはほんの一瞬にすぎない、と。言葉という襤褸を繕う理由は読者が様々に想像するだろう。日常の言葉が生活のために必要だから、とか、詩の裸身はほんとうは大変恐ろしいものであるから、とか。

ところで、「恵むものは／なにもない／恵まれるだけ」は、主語が省かれているので間違いやすいが、頭に「私は」を補うべきことが、本書に収録されている英語訳からわかる。これも本詩集の大きな特徴と見るべきで、いわば英語訳が「注」の働きをしているのだ。この点については後述するが、極限にまで切り詰めた「ミニマル」な様式の秘密の一つが注としての英訳にある[2]ことは、十分認識しておくべきだろう。

2　ヒトの変幻

詩集『minimal』の最も大きな特徴は、詩人の本分を非常な高密度で表現していることだ。その典型的な作品を引用する。

拒む

山は
詩歌を
拒まない

雲も
水も
星々も

拒むのは
いつも
ヒト

恐怖で
憎しみで
饒舌で

この作品についてはすでに谷川氏自身による詳細な解説があるので[3]、その要約を記しておこう。まず、これが「9・11」ニューヨークのテロ事件に触発されて書いた詩であること。次に、あまりにも

「饒舌」な「今の言語状況」に対する反発がこうした寡黙なスタイルの動機になっていること。だから といって俳句のように「閉じた」形式ではなくあくまで「開いて」おきたいという願望があったこと。また、情報としての言葉に留まるのではなく「命懸けで」書かれる言葉とは何かという問題意識があったこと。そして最後に、あの事件を「トラウマ」として受け入れながらも「正面からは扱わない」という態度を「口舌の徒」としての「矜恃」と位置づけること。

形式の上でも内容の上でも谷川俊太郎の詩学(と敢えて呼ぼう)を要約するかのような自己解説だ。だが、ここで問題にしたいのは、こうした本質論よりむしろ、より具体的な細部についてである。我田引水のそしりを承知の上で、第三連の「ヒト」というカタカナ表記を巡る(筆者との)対話を引用する。

山田 (……)今度の詩集の中に「ひと」という言葉が全部で七回出てくるんです。そのうちの二回は、漢字の「人」です。その英訳を見ると、「people」になっています。カタカナの「ヒト」は五つ出てくるんですけれども、そのうちの二つの英訳は「people」で、この「拒む」という詩の「ヒト」も「people」です。残りの一つは「someone」、一つは「a man」、もう一つがなんと「her」……「彼女」つまり特定の女性を表わす時にも、人類や民衆を表す時にも「ヒト」を使っているわけです。(……)

谷川 ぼくは『六十二のソネット』という二番目の詩集の時から、使い分けをしていたんです。あの時は、ひらがなの「ひと」が特定の人でした。カタカナの「ヒト」には、富岡多恵子さんの影響がありますね。富岡さんが始めたかどうかははっきりしないけれど、あの人の「ヒト」は非常にはっきりとしたイメージを持っていて、一番ホモサピエンスに近いのかなという感じがあります。（……）これを漢字にすると個人みたいに見えるし、ひらがなにすると女性的な感じがしてしまうし、抽象化したい時には「ヒト」にする傾向がありますね。[4]

『六十二のソネット』は『二十億光年の孤独』に続く第二詩集だから、谷川氏は「ひと」「人」「ヒト」の表記におよそ半世紀にわたってこだわり続けていることになる。ここでもやはり英訳が注釈になって「ヒト」が「人間」一般であることがわかるのだが、この選択は実は微妙な問題をはらんでいる。続けて引用する。

谷川　（……）この「ヒト」は、ほんとうは「人間」って書いた方が意味的にははっきりするんですよね。自然に対する人間。ただ、そういう場合「人間」よりも「ヒト」としてしまうのは、何がはたらくのかな。やっぱり、言葉の持っている音楽のようなものがはたらくんだと思うのですが。（……）「人間」と書いた方がはるかに正確に読みとってもらえるんだけど。一度は「人間」って書いたような気がします。それをまた何度か直して、結局カタカナに落ち着いたような記憶があります。[5]

意味と音楽にともにこだわることで決定されるのが谷川作品の語法である。ちなみに初期作品では「自然に対する人間」の意の場合にもおもに「人」を用いていた。これが「ヒト」に変化してきたのは比較的最近のこと。このことは、簡単なようで実はきわめて困難なことだ。意味と音楽のどちらにもこだわるということはどちらをも犠牲にしかねない危険をはらむからである。谷川作品の場合、そのこだわりがほとんど常にみごとな成功を収めている点が稀有なのだ。その実例をもう一つ引用してみる。

夜

夜
どこからか
湯のたぎる音

微量の
毒は
薬

ヒトはヒトを
侵す
気づかずに

言葉なく

流れる
心
ヒトへ
闇へ
僅かな灯火へ

ごく日常的な生活の一コマから始まって次第に世界的あるいは宇宙的なイメージに展開していくのが谷川作品の特徴の一つだが、ここではその展開が「ヒト」の登場で一瞬になされている。不特定多数の「ヒト people」が別の「ヒト others」を無自覚のうちに「侵す」、というのがこの作品のテーマである。そのような侵犯は、夜中の台所でひそかに準備されることもあるかもしれない。だとすれば、たぎる「湯」とは言葉であり「微量の／毒（＝薬）」とは言葉にひそむ詩（のようなもの）であるかもしれない。だが、言葉のような媒介がなくても「心」は勝手に「流れる」こともあるし、流れ出した「心」は不特定の「ヒト someone」に達することもある。その多くは「闇」にまぎれるだろうが、ほんの「僅か」に「灯火」に届くこともあるだろう。要するに、詩人はここで、言葉への疑いを抱きつつもそこにひそむ「心」の力に希望を託している。ここで「心」という語は「詩」に置き換えることができるだろう。言葉の限界を痛感しつつその限界ぎりぎりのところで立ち上がる詩語の可能性に賭けてみる、というのが『minimal』における詩人の姿勢なのだ。その限界領域のところ、抽象と具象のせめぎあいのところに「ヒト」は位置づけられている。

詩集の巻末作品で「ヒト」は、さらに微妙な抽象性を帯びて現れている。前掲の谷川発言にあったように、特定の人物（「her」）であるにもかかわらず「あるヒト」と呼ばれる、幻のように抽象的な存在だ。作品はまず、詩を書く現場のルポルタージュで始まる。

こうして

書かなくてもいいのに
こうして
書いて

鉛色の
記憶の中の
凪いだ海

ひとりのヒトに
話すかわりに
書いて

小さな

船着き場の
濡れた砂

言葉ではないものが
胸に
もたれて

岬へと
つづく
踏みつけ道

第二、第四、第六の連で示される具体的な場所のイメージを背景に、詩を書くことの意義が（やはり沈黙にかぎりなく近い寡黙さの中で）ひそかに問われている。「ひとりのヒトに／話すかわりに／書いて」とはきわめて個人的な願望に見えて実は普遍的な希望の表明でもある。「ひと」ではなく「ヒト」と書かれていることがその証明だ。「ひとりのヒト」とは特定の女性であると同時に、個を超えた抽象的あるいは普遍的な他者でもある。少なくとも、この詩の読者すべてに向けて書かれたメッセージと取っていけない理由はない。古代から現代までおよそすべての恋歌がそうであるように、個的な「ヒト」を歌うことが恋人全般を歌うことに通じているのである。谷川氏自身「歌的なもの」あるいは「叙情」への変わらぬこだわりを「一種のロマンチシズムと言ってもいいかもしれない」と発言しているように、[6]「言葉ではないもの」としての言葉、つまり「詩」への変わらぬ思いを記して詩集は終わるのである。

3　沈黙の歌

詩集『minimal』の特徴をおもに「ヒト」の表記をめぐって見てきたのだが、ここでもう一つ、人称の表記をめぐって、どうしてもこだわっておきたい詩がある。やはり短い作品なので全文を引用する。

歌

誰かが
私を
歌っている

雲の調べで
木々の
和声で

いつかやむ

心臓の
韻律

だが歌は続く
君を
讃えて

川底に
流れる
水の旋律

廃墟に
響く
夜の休止符

この詩に登場するのは「誰か」「私」「君」の三人だが、相互の関係は単純ではない。まず「歌」うのが「私」ではなく「誰か」になっているのはなぜか。「私を」歌う、とはどういうことか。その「歌」が続くと「君を／讃え」ることになるのはなぜか。もとより、詩の意味は多様だが、だからといってこれらの謎を謎のままにしておいていいわけではない。ここには詩と歌をめぐる谷川俊太郎の永年にわたる問いと答がひそかに準備されているのだ。詩と歌はどこで切り結ぶのか、と。まず、「歌」が「誰か」によって歌われるものであることに注目しよう。この詩では「私」はもう歌わない。「歌」は「私」にとって禁じられているのである。これを初期詩篇と比較すれば、相違は明らかだ。

私が歌いたくなるらしい
天にはあまりに少いため
地にはすべてがあまりに多く

（『六十二のソネット』より「21歌」）

私が歌うと
世界は歌の中で傷つく
私は世界を歌わせようと試みる
だが世界は黙っている

（同「57」）

これらの作品で詩人はいわば本能的に「歌」っている。戦時中の「翼賛詩」への反省から、詩人たちが「歌」を禁じた（禁じざるを得なかった）戦後詩の（「荒地」派に代表される）状況に対する反発があったとはいえ、この無防備さは若さゆえの特権でもあった。それゆえの眩しさと危うさがともにこの詩人のアウラの一端を成していたことも、今ではかなりよく理解できる。この一見ノンシャランとも見える「歌」への志向は、その後も「私が歌う理由」（『空に小鳥がいなくなった日』一九七四）、「きみ歌えよ」（同）など多くの作品で繰り返し示され、これと並行して数多くの「歌詞」が書かれていったことからもよく見てとれる。このような、いわば無条件ともいえる「歌」への志向が微妙に変化していくのは一九七五年に刊行された『定義』（あるいはその前の『旅』）あたりからと思われるのだが、ここではその経緯は省略して、一九九三年刊行の『世間知ラズ』に収録された「北軽井沢日録」に注目しておきたい。冒頭の一節を引用する。

小鳥たちは何故近づいてこないんだ
双眼鏡を片手に
もうずいぶん長い間ぼくは待ってる

やはり仲間はずれか
うたう歌が違うのか

そうなのさ
ぼくはいつの間にか
同じ歌を繰り返す退屈に我慢出来なくなった
ヒトという生きもの

結局ひとつ歌をうたっているに過ぎないのに

「小鳥たち」と「ぼく」の「うたう歌がちがう」ということは、詩人の疎隔感のあらわれだろう。注目されるのは、ここで「ヒト」という表記が自分をも含む人間全般の意味に用いられていることで、この点は『minimal』の場合と同様だ。「同じ歌を繰り返す退屈に我慢出来なくなった」という認識が、この後約十年間にわたる「沈黙」を引き起こす重要な一因になったと思われる。あまりにも言葉まみれ歌まみれの現状に嫌気がさしたということでもあるだろう。おもに自作を朗読したり音楽とのコラボレーションをしたりして過した十年間（谷川氏自身は「詩のリサイクル」と呼んでいるが(7)）を経て、再び「歌」をテーマに書いたのが前掲の「歌」だ。

作品「歌」の冒頭で「誰かが／私を／歌っている」と書いた時、おそらく詩人の中である決定的な変換が行われた。「私が誰かを歌う」のが初期作品の歌の流儀であったのに対して、ここでは主語と目的語の変換が行われている。この変換は、「沈黙の十年」を経てようやく訪れた恩寵だった。少なくとも筆者にはそう思われる。詩集巻頭作品「襤褸」の冒頭「夜明け前に／詩が／来た」と並んで、「歌」冒頭の三行は、長い沈黙の果てにようやく訪れた恩寵であった、と。

「詩」にとって「歌」が不特定多数の——というよりむしろ抽象的な他者である——「ヒト」によって歌われるものであること、そしてその他者の中に詩人自身も「ヒト」としての資格においてのみ——匿名においてのみ——含まれることを、この寡黙な作品は示唆しているのではないだろうか。「雲の調べ」や「木々の／和声」は、そのような「歌」の匿名性のパラフレーズだし、「心臓の／韻律」は「ヒト」全般の、「水の旋律」は自然界の、それぞれ「歌」の原基を代表している。だとすれば、そのような匿名の「歌」が「君を／讃えて」「続く」のも、匿名であることによって永遠の命をかくとくした「歌」の本質の故だろう。(8) では、ここで「君」と呼ばれているのは誰か。これを私は永遠に他者なるもの、と定義したい。「歌」とは常に「ヒト people」から「ヒト others」に向かって歌われるものであるのだから、二人称で呼ばれる「君」とは永遠の他者にほかならない。

こうして詩人は再び「私が歌う理由」を発見した。ただし、沈黙の中に微かに漂う気配として。また、絶唱や朗唱ではなく、あくまでひそやかなささやきとして、またつぶやきとして。「歌」の末尾「廃墟に／響く／夜の休止符」とは、沈黙の歌を表現する実に鮮やかなメタファーと言うしかない。なぜなら、この静寂の歌、匿名の歌の中では、「休止符」こそが主旋律を奏でる音符であるからだ。言葉の「廃墟」に「休止符」が「響く」のである。この「廃墟」を「襤褸」に、「休止符」を「裸身」に、「響く」を「見えた」にそれぞれ対応させれば、作品「歌」が詩集巻頭作品とみごとに対をなすことがわかるだろう。「襤褸」は視覚によって、「歌」は聴覚によって、ともに詩の裸身をみごとに描き出している。

4　文字という音符

詩集『minimal』の中でも最も短い作品「泥」は、匿名の「歌」は「ヒト」だけでなく自然界の物質によって、それも小鳥や木々や雲といったいかにも「歌」いそうなものだけでなく、一見「歌」からは遠いと思われる「泥」のような物質によっても歌われることを主張している。

この作品で花咲爺さんよろしく「歌」の「種子」を「蒔き続け」るのは「ヒト」としての詩人自身である。

泥

記憶は
濃い
夕闇

悔いも
老いには
かすかな光

もう咲かない
花々の
種子

今も蒔き続け
泥を
歌わせる

Ⅰ部二章では谷川作品における「物」と「歌」の往還を小野十三郎作品との関係において論じたが、その際に結論にしたのがこの作品だった。「物」を歌わせ「歌」を鎮める谷川作品の詩法は、戦後間もなく小野が提唱した「歌と逆に。歌に」のベクトルと深いところで通じ合っている。どちらも、「物」の沈黙の中に微かな響きをとらえることで、抒情に溺れない客観的かつ批評的な「歌」を生成せしめているのである。「種子」は「休止符」と同様、微かな歌の萌芽を暗示しているのだろう。

このような匿名の「歌」に到達した詩人は、「文字」の中にさえ沈黙の「歌」を読み取っているように思われる。次に挙げるのは、谷川俊太郎が中国の「世界文学」誌創刊五十周年に寄せて書いた最新作。まだ中国語版しか公表されていないと思われるが、敢えて引用させて頂く。

文字たち

文字たちは種子
砂漠を越えてやってきた
海を渡り　空を飛んでやってきた

文字たちは種子
意味の重荷を担っている
星の声　泥の無言を隠している

文字たちは種子
故郷を離れて芽吹き
色とりどりの花　珍しい果実をもたらす

文字たちは種子
魂によって移植され育まれ　五〇年
すでに新たなフローラを形成している

私にはこの作品に描かれる「文字」が「種子」であるとともに音符でもあるように思われてならない。前掲の詩「泥」と「歌」を併せてそこに「文字」というモチーフを折り込むことで、黙読による詩の音楽を奏でているように思われるのだ。もちろん「文字たちは種子」のリフレインは朗読によって心地よく響くだろうし、『minimal』と同様の三行一連は、ここではすなおに音楽的なリズムを奏でている（一字空きのところで改行すればそれぞれ四行になって「歌い」やすくなる）。だが、それ以上に、「星の声　泥の無言を隠している」文字というものが、沈黙の中でこそ真の音楽を奏でる「夜の休止符」のパラフレーズに見えるのだ。『minimal』の巻末を飾ったとしてもおかしくないこの作品は、「十年ぶりの新詩集」のみごとな要約になっている。

5　無口な雄弁

詩集『minimal』が全篇三行詩節で書かれたことの理由は「寡黙さ」の具現にあった。言うまでもなく、明治以後の近代詩に圧倒的な影響を与えた西洋近代の韻文詩の主流をなす単位は「四行詩節」であり、伝統的な短歌の単位は上句下句の二部構成である。いずれも偶数であることで一致していると言える。西洋詩のソネットは、四行、四行、三行、三行という四連構成だが、前半二つの四行詩節を前提にはじめて三行詩節が成立するのだし、後半の二連は二行三組の脚韻構成（つまり実質六行という偶数）になっているのだから、全篇三行という構成とはまるで前提が異なる。また、短歌の場合、石川啄木が試みた「三行分かち書き」もあるが、こちらは逆に、三行一連のみの構成という点で、『minimal』の複数連構成とは根本的に異なる。敢えて言うなら、俳句を五・七・五の三行と見るとして、そのいくつかの連作（つまり連句）というのが『minimal』の構成に近いかもしれない。(9) 事実、この詩集の寡黙さは俳句の寡黙さに通じるところがある。歌い上げる前に余韻を残してすっぱり終わってしまう、ということだ。和歌に見られがちな抒情の氾濫に反発して俳句が生まれたように、谷川俊太郎は（自らの作品も含む）あまりに氾濫した歌の雄弁さに反発して「三行」を選択したようにも見える。だが、こうした新様式でさえあっさりと放棄してしまうのが、この詩人の大きな特徴でもある。次に彼が選択したのは「三行」とは逆の方向で「歌」を沈黙させる方法、つまり歌い流せないほど過剰に雄弁な「五行」というスタイルだった。

『minimal』の翌年（二〇〇三）に出た詩集『夜のミッキー・マウス』は、一九九五年から二〇〇三年にかけて発表された作品を集めたもので、大きく分けて『minimal』以前（十六篇）と以後（十三篇）の二つに分類できる。ここで問題にしたいのは言うまでもなく『minimal』以後の十三篇だ。このうち、『minimal』と同じ三行一連形式のものは「広い野原」と「目覚める前」の二篇（いずれも書き下ろし）、五行一連形式のものは「無口」「五行」の二篇（ほかに「朝のドナルド・ダック」があるが、これは二〇〇一年に発表したものを「改稿」した、とあるのでここでは取り上げない)。四行一連形式のものに「夜のミッキー・マウス」「不機嫌な妻」「有機物としてのフェミニスト」の三篇があり、七行一連形式のものに「三人の大統領」がある。ほかの四篇は連構成に特別な形式をもたない。

このことから想像されるのは、まず、『minimal』と同じ三行一連形式へのこだわりがしばらくの間あったこと(前掲の「文字たち」も同様)。次に、五行一連という過剰に雄弁なスタイルの実験が行われたこと。そして最後に、いずれも一時的な実験に終わり、その後はオーソドックスな四行詩節または自由なスタイルに回帰したこと。以上の三点である。三行一連形式についてはすでにかなり詳しく見てきたので、ここでは五行一連形式作品に見られる雄弁さに注目しておきたい。一篇のみ引用する。

無口

単純に暮らしている複雑なヒト
朝は七時に起きてピーナッツバタをぬったパンを食べ
平静な自分を皮肉な目で眺めて豚に餌をやり
足元のぬかるみを自分のからだのように慈しみ
机に向かって(鬱の友人に)投函しない手紙を書く

自己満足のかけらもなく自分を肯定して

意識下に埋葬されている母親のためにスミレを摘み
迷路はほぐしてしまえば一本道だから迷うのは愚かだと
明晰な古今東西の詩の織物を身にまとって
愛する者を憎みにのこのこ出かけて行く

話の種は尽きないけれど人前では無口
昼は多分そこらの街角でかけうどん一杯
どうしてどうしてと問いかける子どもは大の苦手
匂いと味とかすかな物音と手触りから成る世界に生きて
意味はどうすりゃいいんだいと困ったふり

欅が風に揺れていて雲がぽっかり浮かんでいて
なにかと言うと煙草を一服
もちろん何ひとつしないのが一番の贅沢だが
好きな枕を手に入れるためには働かなきゃなんない
鼻歌はいつもうろ覚えのオーバーザレインボウ

永遠も無限も人間の尺度に非ずと心得て
恋人の心理を小数点三桁まで憶測するのが喜び

夜はゴーヤで安い赤ワイン（デザートには多分バナナ）
風呂と布団にスキンシップの極意を極め
あとは日々の細部にビッグバンに連なるものを探すだけ

一読してすぐ気づくように、まず行脚がかなり長いことと、どの連にも何か一つぐらい逸脱を示すエピソード（なくても大意は変わらない）が挿入されていること、その結果ある種の冗漫さが（もちろん意図的に）醸し出されていることが特徴と言える。具体的に言えば、第一連の第三行、第二連の第四行、第三連の第三行、第四連の第五行、第五連の第二行は、なくても作品は成立する。もちろん、不要と言いたいのではないし、無駄と言うわけでもさらさらない。それどころか、どの一行も十分魅力的だし秀逸なイメージの表現であることに違いはない。私が言いたいのは、これらの行がなくても詩は成立するということ、その一点のみである。言い換えれば、五行一連というこの形式を意識しなかったとしたらこれらの詩句は書かれ得ただろうか、ということ。さらに言い換えれば、これらの逸脱こそが歌を拒絶する重要なファクターになっているということだ。『minimal』の寡黙とは反対の方法によって、「五行」の雄弁が歌の拒絶という機能を果たしているのである。内容とは裏腹の題名と「うろ覚えのオーバーザレインボウ」には明らかに（歌に対する）批評の意志がこめられている。

しかし、この詩人にとって歌の拒絶とは、そう長続きすることでもなかった。本来的に歌う詩人である谷川俊太郎にとって、歌は常に詩の本能のようなものだから、いずれ歌うべき（歌い得る）詩が回帰するのは必然だった。詩集中最も後に書かれたと推測される作品群[10]では、自由闊達で変幻自在とも称すべき本来の自然なリズムが回復している。やはり一篇のみ引用する。

夜のミッキー・マウス

夜のミッキー・マウスは
昼間より難解だ
むしろおずおずとトーストをかじり
地下の水路を散策する

けれどいつの日か
彼もこの世の見せる
陽気なほほえみから逃れて
真実の鼠に戻るだろう

それが苦しいことか
喜ばしいことか
知るすべはない
彼はしぶしぶ出発する

理想のエダムチーズの幻影に惑わされ

四丁目から南大通りへ
やがてはホーチーミン市の路地へと
子孫をふりまきながら歩いて行き

ついには不死のイメージを獲得する
その原型はすでに
古今東西の猫の網膜に
3Dで圧縮記録されていたのだが

これを読んで安堵の息をついた谷川ファンはかなりいたのではないだろうか。イメージといいリズムといい抜群の安定度を保ちながら斬新な発想で読者を驚かす、いつもの谷川ワールドである。他の作品を紹介する余裕はもうないが、これと同時に発表された十篇はいずれも安定した形式と斬新な内容が際立った作品と言える。

以上のような経緯からして、二十一世紀に入ってからの谷川作品の実験はひとまず終了したと見るべきだろうか。詩をいったん歌から引き離すことで何が得られたか、また、何が変わらなかったのかを検討するのは今後の課題だろう。そもそも、谷川氏自身が繰り返し述べているように、彼は歴史的というより地理的な詩人[11]である。絶えず変容するけれどその変化は一方通行的では決してない。いつでもどこにでも戻ることもできるし新しい領野を開く努力も惜しまない。だから『minimal』の実験も「五行」の実験も必ず今後の作品展開の中で直接間接に機能しながら、さらに様々な新作を生み出していくことになるだろう。

谷川俊太郎は、これまで半世紀におよぶ長い詩歴の中で、必ず五年から十年ほどの単位で新しい実験作を問い続けてきた。『21』(一九六四)、『旅』(一九六八)、『定義』(一九七五)、『コカコーラ・レッスン』(一九八〇)、『メランコリーの川下り』(一九八八)、『世間知ラズ』(一九九三)といった詩集が、それぞれの時代に現代詩の最前線を切り開いた事実を忘れるわけにはいかない。これらの系列に加えるべき詩集として『minimal』は位置づけられるだろうし、今後の展開の上でもこの詩集の「寡黙さ」は詩と歌のアポリアを考察する上での重要なドキュメントとして扱われるだろう。谷川俊太郎の二十一世紀詩は、戦後間もなく小野十三郎が提唱した「歌と逆に。歌に」の独自な実践によって開始されたのである。

注

(1) 実際には『モーツァルトを聴く人』(新潮社、一九九五)、『真っ白でいるよりも』(集英社、一九九五)、『クレーの絵本』(講談社、一九九五)、『クレーの天使』(講談社、二〇〇〇)といった詩集が出ているのだが、いずれも過去の作品の集成であったり「現代詩壇からはズレている」との理由から本格的な新作とは区別される。このあたりのニュアンスについては谷川氏自身が『谷川俊太郎《詩》を語る――ダイアローグ・イン・大阪 2000-2003』(田原、山田兼士との共著、澪標、二〇〇三)の中で詳しく語っている。(一〇七-一一〇頁参照)

(2) 同右一一三-一一七頁参照。

（3）同右一二三－一三〇頁参照。
（4）同右一二九頁。ここには数え間違いがあるが（「ヒト」の使用は五篇八回）、話の流れを配慮してそのままにした。
（5）同右一三〇頁。
（6）同右一三四頁。
（7）同右一一〇頁。
（8）詩の「匿名性」「無名性」について谷川氏はこれまでしばしば語り、また実践してきた。詩集『旅』には「anonym」と題された一連の作品があるし、「ことばあそびうた」については詩の無名性を強調する解説を繰り返し書いている。
（9）『谷川俊太郎《詩》を語る――ダイアローグ・イン・大阪2000-2003』一二三－一二六頁、一三二－一三三頁参照。また、この点に関しては、連句と比較した藤井貞和の鋭い指摘がある（「「小」の最深」「現代詩手帖」二〇〇二年十月号）。
（10）「初出一覧」を見ると「無口」は「「河南文藝」二〇〇三年七月号」となっていて「「新潮」二〇〇三年五月号」より後だが、作品の内容・形式から判断して「新潮」誌の連作を後に位置づけておく。
（11）『谷川俊太郎《詩》を語る――ダイアローグ・イン・大阪2000-2003』一七〇頁。

二章　身体詩という事件　『シャガールと木の葉』

詩集『シャガールと木の葉』（二〇〇五）は『そのほかに』（一九七九）、『日々の地図』（一九八二）、『手紙』（一九八四）、『詩を贈ろうとすることは』（一九九一）、『真っ白でいるよりも』（一九九五）に続く六冊目の集英社版詩集である。その時々の依頼に応じて書かれた作品群だ。ちなみに、これらと相前後して、思潮社からは『定義』（一九七五）、『コカコーラ・レッスン』（一九八〇）、『日本語のカタログ』（一九八四）、『メランコリーの川下り』（一九八八）、『世間知ラズ』（一九九三）、『minimal』（二〇〇二）の六冊が出ている。後者がそれぞれの時代を画する問題作として語られてきたのに対し、前者はあまり論じられてこなかった。だが、前者もまた、作風の多様性や技巧的魅力や良質の通俗性といった作品論的価値に加えて、あるいはそれ以上に、作家論的に、きわめて重要な作品群だ。

ここで思い浮かぶのは、萩原朔太郎が終生書き続けた大量の散文作品のこと。「純粋詩」を求めるあまり「詩以外のもの」として排除した散文的諸要素（人生、社会、家族、風土、等々）を素材に、朔太郎は、随筆からエッセイへ、さらにはアフォリズムへと散文を凝縮することで、奇妙に〈詩的〉な書物を次々に編み上げていった。十余冊の散文作品が『月に吠える』から『氷島』にいたる詩のロジックを裏側から支え続けたのである。まるで詩と散文が対話をかわすかのように。

言うまでもなく、谷川俊太郎の詩集は散文作品ではない。だが、アフォリズムやエッセイになったかもしれない散文的モチーフや主題をも〈詩〉にしてしまう技量がこの詩人の持ち味の一つであることを考えれば、この比較は必ずしも唐突ではない。それに朔太郎もまた、自らのアフォリズムを晩年になって再編集し「散文詩」と銘打って刊行しているのだ（『宿命』一九三九）。朔太郎が晩年の眼差で再検討した結果〈詩〉として認知した散文的領土（そこには細々した身辺雑記から哲学的考察まで、さらには本格的詩論までが含まれる）を、谷川俊太郎は〈純粋詩〉と同時進行のかたちで開拓し続けている、と言えるだろう。

相変わらずさまざまな依頼に応じて詩を書いている。苦しさよりも楽しさのほうが大きい。投げられたボールをどう打つか、ときどきイチローにでもなったような気分だ。

谷川俊太郎が打者タイプの詩人であることを右の「あとがき」は明らかにしている、と言いたいところだが、これはあくまで集英社詩集の中でのこと。思潮社詩集で彼は明らかに投手を演じている。直球、カーブ、フォークにシュート、スライダー、さらには新魔球を操ってマウンドに立つ姿をこれより三年前に見たばかりだ。『シャガールと木の葉』の詩人は『minimal』で多投した「沈黙」の新球を様々な角度に自ら打ち返している。

沈黙という言葉で
沈黙をはるかに指し示すことはできる

だが沈黙という言葉がある限り
ほんとうの沈黙はここにはない
（「断片」）

この静けさに音は生れ　この静けさに音は還る
この静けさから聴くことが始まりそれは決して終わることがない
（「音楽の前の……」）

この星をあやうく包む絹の大気の静けさのうちに
初めての水のひとしずくのように音が生れる
（「ゴールドベルク讃歌」）

沈黙と言葉、静けさとざわめきが、それぞれ対置され葛藤し融和する様子が、穏やかな抒情で歌われている。『minimal』の寡黙な抵抗でもなく『夜のミッキー・マウス』（二〇〇三）で用いられた雄弁でもなく、これらはあくまで自然体のフォームから打ち出された〈沈黙の歌〉である。再び「あとがき」に頼るなら、「時代を超えた時空に属している宇宙が、自分のからだとこころのうちにあると信じるようになった」と書く詩人が、言葉のはるか彼方に実在する沈黙の宇宙をたしかに「指し示すことはできる」（「断片」）という自信を深めたことを、これらの〈歌〉は証明している。

〈沈黙〉の変奏と並んで、本詩集を特徴づけているのは「からだ」を主題とした作品群だ。〈身体詩〉とでも呼ぶべきそれらの作品が随所に配置されて、一見多様さが目立つ詩集に一貫した印象を与えていることがわかる。

からだ――うちなる暗がり
それが私
ただひとりの
(中略)
そんなにも小さなかたちの
そんなにもかすかな動き
その爆発の巨大なとどろきを
誰ひとり聞きとることができない
(「からだ」冒頭と末尾)

八九年に書かれたこの作品を起点にして一つの「宇宙」を内在させる「からだ」が様々に歌われていく。時には磊落にユーモラスに、

百歳になったカラダに囚われて
タマシイはうずうずしている
そろそろカラダを脱いでしまいたいのだ
古くなった外套みたいに
(「百歳になって」)

また、時には切実にシリアスに、

こころは疑いで一杯なのに
からだは歌わずにいられない
夜の道は死の向こうまで続いている

（「Larghetto」）

独自の意志をもつ自立した存在のように扱われる「からだ」は、例えば「ぼくらの心とからだにひそむ海のうねりも」（「星と砂」）というように、様々な旋律に変奏されている。その変奏はやがて、詩人のからだを突き抜けて詩のからだを歌うようになっていく。詩そのものの「からだ」が出現するのだ。

このように「からだ」そのものを主題とし主体ともする瑞々しくかつ端正な詩が谷川俊太郎によって生み出されているということは現代詩にとって一つの事件ではないだろうか。九十年前に萩原朔太郎によって敢行された「竹」の生体実験が、詩を全身で生きることで〈新体詩〉を変革し二十世紀詩を切り開いたように、谷川俊太郎の新たなる〈身体詩〉が軽やかにかつ厳かに二十一世紀詩を切り開こうとしている……というのは大袈裟な物言いだろうか。だが、例えば、次のように身体化された「詩」のイメージはどうだろう。

詩はかくれんぼしている
出来たての詩集のページで
形容詞や副詞や動詞や句読点にひそんで
言葉じゃないものに見つかるのを待っている

（「詩は」）

「言葉じゃないもの」――例えば音楽、例えば沈黙――に見つかるのを待ち続ける「詩のからだ」は、たしかに新しい相貌を帯びているように思われてならない。

三章　谷川俊太郎の本音本　『詩を読む』

思潮社の詩の森文庫「詩論三部作」を通読して、『詩を読む』に最も谷川俊太郎らしさを感じた。『詩を書く』には時にいささか生硬な性急さが見え隠れするし、『詩を考える』にはやや窮屈な論脈が見られなくもない。これに対して『詩を読む』では、普段着の谷川俊太郎が好きな詩や詩人について本音を自在に語っている、といった趣だ。「詩を読む　詩人を読む」と「自分を読む」の二章に分かれた三十二の文章が、半世紀にわたる谷川作品を裏側から等身大に照らし出している、というのが読後第一印象。その意味で本書は、谷川詩全体のシルエットを描き出した詩論書であり絶好の入門書でもある。まず、その筋道をデッサン風に示してみよう。

はじめに「本を読むこと」（一九六五）が、読書に対する懐疑的態度を表明することで、全体の「序」の役割を果たしている。「肉体は悲しい」で始まるマラルメの詩「海の微風」を引用して「どんな本も、結局最後の救いにはなり得ない」と言い「自分にとって、ほんとうに意味のある本などというものは、おそらく一生のうちに数冊しかない」と言い切るのは、たとえ逆説的に見えるにしても、この詩人の本音だろう。あらゆる知の体系を敬しつつ遠ざけ身体的な直観で実感に染み込んでくるものだけを重視する、いわば裸で世界と対峙する、谷川詩学の原点がここにある、と言っていい。

次いで本書は、「マザー・グース」の翻訳をめぐって「多少意訳をあえてしても、日本語の詩として成立させたい」という本音を明かし、更に「言葉遊び」の重要さを主張する。ここに語られているのは「ことばあそびうた」の実験をめぐる谷川詩学の片鱗だ。現代詩が失った声を回復するための、道化的とも見られかねないほどにラディカルな冒険の記録である。

これに続く「僕のプレヴェール」(一九五九)は、初期作品の意義を考える上でとても貴重な証言。プレヴェール脚本による映画「火の接吻」を「これこそ正しく詩であると感じ、風呂の中で親父と議論しました」とあるように(風呂の中で?)、早くから谷川作品が様々な芸術と関わってきたことを伝えている。また、「必死になってそれを真似しました」と言い「やや成功したように思えた二篇を、「詩学」に出し(……)」とあることからも、プレヴェール体験の深さ強さが窺われる。ただし「プレヴェールのような人間になれなければ、プレヴェールのような詩は絶対に書けないのだ」という諦念もまた、谷川詩学の一面と見るべきだろう。得るべきものは得るけれどそれ以上の無理はしない、ということだ。ここで谷川が得たものは「あまりにも人間的なプレヴェール」の一語に要約できる。世界や宇宙との関わりに終始した初期作品からの脱却の契機がプレヴェール体験にあったことを、このエッセイは示唆している。

次いで『オーデン詩集』(一九九三)の項では「気に入った本は引用するだけで十分というのが、批評家ではない私の信条だ」と言い放ち、『ロバート・ブライ詩集』(同年)の項では「詩と人生の結びつきかた」を考え……といった具合に進んでいくのだが、何と言ってもこれに続く「萩原朔太郎」(一九五七)から「寺山修司」(一九九〇)まで、十四人の詩人と一人の音楽家について書かれた文章が谷川詩学の真骨頂を示している。

これらのエッセイをとりまとめて早口に言うなら、萩原朔太郎に自分と異なる「なつかしい一人の人格」を感じ取り、中勘助には「他を愛するための最後の砦」としての「孤独」を読み、田村隆一に「詩の中にありながら、生活の中にあるもの」としての「詩の素」を見出し、茨木のり子には「世間知らずが、詩ではひとつの武器になり得る」とした上で「詩の魅力を形づくり、同時にその限界を形づくる」と、ナチュラルな批判を厭わない。更に、飯島耕一『他人の空』の曇り空と自作の青空・星空を比較したり、武満徹や寺山修司との若き日からの交遊を語ったり、といった具合。いずれも、語られている対象以上に、語っている谷川俊太郎の表情が活き活きと伝わってくる文章である。その語り口も内容も、歯に衣着せぬ率直と誠実によって、深く本音に届いているからだろう。特に注目したのは、宮沢賢治の項（一九七八）と三好達治の項（一九六五）。

宮沢賢治と谷川俊太郎というテーマではいずれまとまったものを書きたいと思っているが、ここでは、賢治からの影響をやはり率直に書いていることに、まず注目したい。第一次『宮澤賢治全集』が刊行された昭和九年は谷川俊太郎三歳の時だ。早い時期からの賢治研究者、とは詩人が父に言及する際の常套句だが、彼自身が賢治童話の最初の読者（のひとり）であり得たことは、殊更強調されていい。母のピアノを聴きながら父に賢治童話を読み聴かされている姿、というのはたぶん私の妄想に過ぎないだろうが、少なくともその可能性はあった。谷川自身は「「銀河鉄道の夜」を初めて読んだのがいつごろのことだったか、それはもう思い出せない」と書いているが、ジョバンニの宇宙的孤独に全身で共鳴した少年期（あるいは幼年期）の身体的と呼ぶしかない記憶こそが『二十億光年の孤独』の「詩の素」ではないか、と私は推測している。だから、賢治の「幻想」に「時間と空間のリアリティ」を読み、それが「なまみの賢治の魂に、否応なしに生まれてきた幻想であり、そこには賢治の微熱のようなものまでときには感じられる」と書いた時、谷川が見据えていたのは彼自身の詩の身体であったに違いない、と私は考えている。ジョバンニの「子どもっぽい」言葉遣いに「不思議に沈潜したもの」を読み取った谷川は、幻想と現実を貫く「世界の巨きさに自分の心が追いつかない」もどかしさを「ことばが力を失うそのぎりぎりまで行く」書き方で表現する賢治童話の方法に、自らの詩の起源を重ねているようだ。

谷川はまた、賢治童話の描写の魅力が「透明な背景の前に何かそれしかないという感じで、ひどくなまなましい物質感をもって浮き出してくる」ところにある、と言う。この「物質感」は、彼がフェルメールの絵画やポンジュの散文詩に発見した手触りと同質のものだ。詩集『定義』（一九七五）から三年後に書かれたこのエッセイで、谷川はひそかに自身の詩法とその発想源を明かしている、と言うよりむしろ、自己探求を試みている。賢治童話における銀貨やパンや角砂糖の「物質感」を自ら作品化する試みこそが『定義』の実験ではなかったか。

宮沢賢治への思い入れに溢れたエッセイに比べると、三好達治への言及ははるかに控えめに見える。「自分の勝手な好みで選ぶだけで精一杯」としながら『三好達治詩集』を編んだ際の「解説」文だ。だが、ここでも谷川は「その巧緻な言葉」以上に「三好さん自身の「人格」を感じられたい」と、「なまみの」詩人から目を離そうとしない。特に、三好達治の「詩の大きさ」を語った上で「一兵卒のように、三好さんは戦争責任を果したのである」と書いているところには瞠目した。いかにも谷川俊太郎らしい真っ直ぐの快速球だ。更に続けて「詩人としての死を賭して、日本語で書いている詩人の責任を果したのである」とあるのは、あらゆる誤解と非難を承知の上で三好達治の「人格」を擁護する覚悟の表明だ。書かれたもの以上にそれを書いた人間を重視するのもまた、谷川詩学の真骨頂である（私はこれと同じ谷川発言を、小野十三郎について直接聞いたことがある）。

本書の前半部を見てきたわけだが、「自分を読む」と題された後半部に逐一ふれる必要はもはやないだろう。ここまで検討してきたいくつかの重要主題がより直截なかたちで縦横無尽に展開されている、と言えば、おおよその検討はつくと思う。〈二十億光年の孤独〉を「少年の孤独」と呼び、その孤独からの脱却を「なまみの」人間像に求め、詩に「声」を取り戻すための朗読の意義について語り、「文体」に言葉の身体性を求め、その多様性と一貫性の間での揺れにこそ「書く理由」を見出す、といった具合だ。最後に、今日の電子メディアによる詩集を二十年以上も前（一九八四）に予告していたことには驚いた、と付言しておこう。ハードとしての「詩集」とソフトとしての「詩」を区別して、ハードよりソフトが大事と言い切る過剰なまでの潔さに、である。

四章　二十億光年の私をめぐって『私』

1

谷川俊太郎詩集『私』（思潮社、二〇〇七）の刊行は現代詩にとって事件である、と最初に明言しておきたい。思潮社からのオリジナル単行本詩集として八冊目。まずその八冊を刊行年代順に列挙する。

『21』一九六二年
『定義』一九七五年
『コカコーラ・レッスン』一九八〇年
『日本語のカタログ』一九八四年
『メランコリーの川下り』一九八八年
『世間知ラズ』一九九三年
『minimal』二〇〇二年
『私』二〇〇七年

思潮社刊ということは、新境地を開く実験的作品というほどの意味だ。最初の『21』は鮎川信夫から「現代詩」として初めて認識された（と谷川自身が語っている）詩集だし、最近作『minimal』の実験性についてはII部一章で詳しく論じた通りである。こうして並べてみるとすぐわかるように、『私』も含めて、ほぼ四、五年ごとに思潮社版新刊詩集が出ているのだが、その中にあって二つの大きな「空白」が目に付く。そのうち新しい方の空白については、いわゆる「沈黙の十年」としてこれまで多く語られてきた。詩を書かなかったのではない。実験的先駆的な（と、とりあえず呼んでおく）現代詩の集成を出さなかったということだ。これとは別に、もう一つの大きな空白が『21』から『定義』までの間にある。勿論、この間にも詩はさかんに書かれていた。『落首九十九』（朝日新聞社、一九六四）、『旅』（求龍堂、一九六八）、『うつむく青年』（山梨シルクセンター出版部、一九七一）、『空に小鳥がいなくなった日』（サンリオ出版、一九七四）といった詩集以外に、『ことばあそびうた』（福音館書店、一九七三）による過激な言語実験も行われていた。だからこの時期を「沈黙の十二年」と呼ぶ人はいないし、当然そう呼ばれるいわれもない。

だが、いまさら蒸し返すようだが、このことはいわゆる「沈黙の十年」についても同様に当てはまる。なぜなら、一九九三年から二〇〇二年の間に、谷川俊太郎は七冊もの新刊詩集を出しているからだ。そのうち二冊は「子ども向けの」詩集、一冊は荒木経惟との写真詩集、二冊はクレーの絵に詩をつけた詩画集、残る二冊は『モーツァルトを聴く人』（小学館、一九九五）と『真っ白でいるよりも』（集英社、一九九五）。このうち前者はモーツァルトの楽曲を収録したCD付きの版を含み、後者はその時々の注文によって書かれた、いわゆる「集英社系」の詩集。子どもの詩、コラボレーション、一般向け、と、ヴァリエーションの豊かさにも欠けていない。ただ、思潮社からの新刊詩集だけはなかった。このことは、後であらためて論じるが、詩への嫌悪、とは言わないまでも疑念が詩人の内部で大きく膨らんだためだ。

最初にくだくだと詩集名を列挙してきたのは、ほかでもない、新詩集『私』の刊行を機に、半世紀以上にわたる谷川俊太郎の詩歴をこのあたりで整理しておきたいと思ったからだ。その際、いま述べた二つの「空白」は大きな意味をもってくる。全部で五つの時期に分けて考えてみたい。

まず第一期は、『二十億光年の孤独』（創元社、一九五二）でデビューしてから『21』が出るまでの十年間。ここで谷川は七冊ほどの詩集を刊行し青年詩人としての本領を十分に発揮する。その集大成と見るべきなのが思潮社から出た『谷川俊太郎詩集』（一九六五）だ。先に述べたように（I部一章）この時点でのほぼ全詩集である。この翌年から谷川はヨーロッパ、アメリカを旅行したり様々なジャンルの芸術家との共同作業を始めたりしている。

第二期は一九七五年に同時に出た『定義』（思潮社）と『夜中に台所でぼくはきみに話しかけたかった』（青土社）まで。この二冊によって谷川は現代詩の最前線に揺るぎない存在感を示すようになる（余談だが、筆者自身はこの年二十三歳。現代詩に興味を持ち始めた思春期から現代詩にどっぷり浸かった大学時代にかけて、この二詩集が出る以前、現代詩の最前線に谷川俊太郎の姿は見えなかった。どちらかと言うと現代詩から一歩引いたところでカウンターカルチャー的に詩に向かいあっていたような印象をもっている。一九七三年大阪心斎橋パルコの朗読会で見た、白石かずこや吉増剛造といった「前衛」詩人たちを尻目に「ことばあそびうた」を朗読する飄々たる姿がその印象を決定づけていた）。それまで「分裂的」に書いてきた二つの流れを同時に世に問うことで自らの詩法に自信を深める契機となった、と言えばいいだろうか。

さて、第三期は『世間知ラズ』までの十八年でこれが一番長い。この間、思潮社からは四、五年ごとに新詩集を出している。『コカコーラ・レッスン』以下の四詩集についてはいずれ論じなければならないが、ここでは紹介のみに止めておく。いずれもが刊行時に大きな話題となり、詩壇の第一人者の地位を確立する要因となった。

その後「沈黙の十年」を経て『minimal』刊行までが第四期（これについてはII部一章で詳述した）。現在は第五期、というところだ。このように見てくると「思潮社系」詩集の重要性があらためて概観できる。新詩集『私』もまた、現在から未来への谷川詩学の根幹を成すとともに、今後の現代詩の方向性にも大きな影響を与えるであろうと推測されるのである。

2

では、詩集『私』では何が起こっているのか。

前作『すき』（理論社、二〇〇六）と同様、まず表題からして豪速球のストレートど真ん中。詩集は「私」と題した連作八篇から始まる。現在の等身大の「私」を主題にした作品群だ。

私は背の低い禿頭の老人です
もう半世紀以上のあいだ
名詞や動詞や助詞や形容詞や疑問符など
言葉どもに揉まれながら暮らしてきましたから

どちらかと言うと無言を好みます

自己紹介がそのまま詩になるなど谷川俊太郎以外には考えられない。五行四連からなる本作には「私」の好むものや好まないもの、生活環境や服装などがそのまま描かれていて、ごく普通の（散文的な）自己紹介である。これを以前の、例えば『魂のいちばんおいしいところ』（サンリオ、一九九〇）に収録された詩「自己紹介」と比較してみよう。

時に私はとほうもない馬鹿になり
とりかえしのつかぬあやまちをおかし
平然としてキャンティなど飲んでいる
そんな私に誰も気づかない

時に私は一介の天使となり
すべてを慈悲の眼でみつめ
ゆり椅子におさまって昼寝している
そんな私に私も気づかない

時に私は何ものでもなくなり
じわじわと怪物のように時空に滲《し》み出し

水洗便所で流されてしまう
そんな私をフェラリも轢《ひ》くことができない

（全文）

一読して明らかなように、「自己紹介」という題はアイロニー以外の何物でもない。いわば自己紹介という名の自己韜晦。「時に私は何ものでもなくなり」とはまさに詩人の変幻自在ぶりを正確に言い当てた逆説的《アイロニカル》な自画像だ。このスタンスは、谷川作品が「私」を主題にする際に――ごく初期の作品を除いて――長い間取り続けてきたものである。

自己韜晦（と見るしかない多様な書きぶり）を続けてきた――それゆえ「怪人百面相」（北川透『谷川俊太郎の世界』思潮社）などと呼ばれることもしばしばだった――詩人が、ありのままの素顔をさらけ出すことから詩集『私』は始まる。「過去」に「あまり関心がなく」、「権威」に「反感を」もち、「斜視で乱視で老眼」で……と続く自己紹介は、しかし最終連で「ここに述べていることはすべて事実ですが／こうして言葉にしてしまうとどこか嘘くさい」と、言葉のもつ虚構性をさりげなく示唆した上で「私の書く言葉には値段がつくことがあります」と締めくくられる。まさに等身大の自画像を描きながら言葉の虚構性（またそれゆえの商品価値）をこの上なく明確に宣言しているのだ。言葉へのこのスタンスは、早くも第三詩集『愛について』（東京創元社、一九五五）収録の詩「私の言葉3」の中で「私の言葉は私のためのうそ」と宣言されていたものだ。半世紀以上にわたる言葉への不信と、にもかかわらず言葉に頼らざるを得ない逆説も含めて、新詩集は本当の（事実としての）私を暴露することから、さらに本当の（真実としての）私を追求する企てを標している。

こうして等身大の姿を明示した「私」は、しかし、早くも第二作「河」において、様々な形態をもつ異物へと拡散してしまう。

電車に揺られているカラダの私が
ほとんど水でできていることを怖れて
アタマの私はコトバで自分を支えている
（中略）
水は海に雲に雨に氷に姿を変えながらも
この星にとどまる
コトバも演説に詩に契約書に条約に姿を変えて
この星にへばりついている

この私もまた

「水でできている」カラダと「コトバ」でできているアタマから成る「私」は、ともに様々に姿を変えながら存在し続ける。巻頭作品で自らのアイデンティティ宣言をしたはずの「私」が、第二作においで早くも、変幻自在な形態へと立ち戻っているかのようだ。一行空白後に置かれた最終行の意味は重い。なぜなら、「私」とは、ともに無限に変化する水と言葉の相乗的構成物にほかならないことを意味しているからだ。つまり無限の二乗として、である。

第三作「「私」に会いに」では「母によって生まれた私」が「言語によって生まれた私」に会いに

行く。私は「私」の家を訪ねて一緒にほうじ茶を飲み、語り合い、「布団を並べて眠りに落ちると」
――

私も「私」も〈かがやく宇宙の微塵〉となった

〈 〉内の言葉は宮沢賢治「農民芸術概論綱要」からの引用だが、賢治が宇宙的意志の表象として――理想の顕現として――用いた「宇宙の微塵」をあっさり過去形で断言する手法は、いかにも「二十億光年の孤独」の詩人らしい磊落さだ。谷川作品はここで、いわば賢治の未然の理想を観念上の前提として再出発している。これに続く「ある光景」「朝です」は、その再出発の延長線上にある試行錯誤の記録だ。前者では「言葉」を取り巻く寓意的風景が、後者では生活の中で「私」が「コトバ」を生み出す現場の写実的風景が、それぞれ簡潔な詩句で描かれている。言葉と身体を表現した姉妹作と呼べるだろう。

以上のような道順を辿って読者が到達するのは、現在の谷川俊太郎の新機軸である。第六作「さようなら」は私（の魂）から私の身体への訣別の辞。肝臓や腎臓や脾臓たちに別れを告げて「魂だけのすっぴん」になった「私」は「君ら抜きの未来は明るい」と言い放ち「迷わずに私を忘れて／泥に溶けよう空に消えよう／言葉なきものたちの仲間になろう」と宣言する。あたかも詩的遺言であるかのように。無論、遺言そのものではない。この直後に詩人はあらためて次のように断言するのだから。

息つく暇もなく賛否を問われ

揺れ動く気分をかわしながら
意味よりも深い至福をもとめて
私は詩を書き継ぐしかない

（「書き継ぐ」最終連）

四行六連の中で三度繰り返される「私は詩を書き継ぐしかない」のフレーズには、いささか諦めと見えなくもない、それだけにかけねなしの本音とも見える、新たな創作意志がこめられている。連作の最後「私は私」で、詩人はついに詩的真実の正体を明らかにする。この作品で「私」は、草であったり魚であったり鉱石であったり、さらには「ほとんどあなた」でもあると言う。ここまでは谷川俊太郎得意の変容能力と言えなくもないが、次の展開はこれまでの作品に書かれていなかったものだ。

忘れられたあとも消え去ることができないので
私は繰り返される旋律です
憚りながらあなたの心臓のビートに乗って
光年のかなたからやって来た
かすかな波動で粒子です

ここで「私」は生のエネルギーそのもの――「宇宙の微塵」――として表現されている。「光年のかなたから……」のフレーズからは、「銀河鉄道の夜」のジョバンニを思い浮かべることも許されるだろう。そしてもちろん、「二十億光年の孤独」への自己言及も（そもそも谷川俊太郎の詩的出発に宮沢賢治の童話体験が不可欠だったことは、十八歳時に書かれ後に刊行された詩集『十八歳』の巻末に掲げられたフレーズからも読み取ることができる）。

それにしても「私は繰り返される旋律です」とは実に秀逸な言い回しではないか。この「旋律」は「波動」と呼ばれ「粒子」とも呼ばれることで、いっそう「不死」のイメージを強くする。だから、本詩集の巻末が「不死」と題された三部作で閉じられているのは決して偶然ではない。どうやらこの詩集は、散文的現実の「私」から始まり詩的真実の「私」を経由して「詩」の不死にまで突き抜けて行く作品群なのだ。三部作中最後の「樹下」から末尾部分を引く。

子どもの内心にひそむ謎を
世界は静けさのうちに告げている
花々はまだ蕾

子どもが座っている
私たち老いてゆく者のために
かすかに微笑んで

これを単純に後世への期待などと読んではならない。なぜなら、この「子ども」こそが詩人によって「繰り返される旋律」にほかならないからだ。谷川俊太郎の「こどもの詩」への志向については後章で詳しく論じるが、近年ますます強まっていることは確かだし、思想的倫理的側面を次第に強くしてきていることも明らかだ。だが、と思う人もいるかもしれない。詩人は「私たち老いてゆく者」とはっきり書いているではないか、と。この疑問に対しては、谷川俊太郎の「私」は一人や二人ではないことをあらためて想起すれば済む。老いてゆく「私」と「かすかに微笑んで」いる子どもとの分裂ぐらい、この詩人にとって実に容易なのだから。
ところでいささか唐突な連想だが、これら連作「私」八篇を、例の「沈黙の十年」のきっかけにもなった『世間知ラズ』（一九九三）で提出した諸問題への自らの解答と見ることはできないだろうか。表題作末尾を引用する。

私はただかっこいい言葉の蝶々を追っかけただけの
世間知らずの子ども
その三つ児の魂は
人を傷つけたことにも気づかぬほど無邪気なまま
百へとむかう

詩は
滑稽だ

詩人自身が時折示唆しているように、詩への疑い、言葉への疑いがピークに達した頃の作である

『世間知ラズ』には、詩に対する否定的姿勢が随所に描かれている。「詩は／滑稽だ」は、そうした疑念、というよりむしろ反発あるいは否定、の凝縮したフレーズだろう。この詩集の中から同種のフレーズを抜き出すなら、

○ついでに詩も消え去ってくれぬものか（「マサカリ」）
○詩は言葉を超えることはできない（「いつか土に帰るまでの一日」）
○詩は人にひそむ抒情を煽る／ほとんど厚顔無恥と言っていいほどに／（中略）／だが自分の詩を読み返しながら思うことがある／こんなふうに書いちゃいけないと（「夕焼け」）
○言葉を好きだと思ったこともない（「鷹繋山」）
○詩人なんて呼ばれて（「理想的な詩の初歩的な説明」）

など、ほかにもたくさんあるが、こうした疑念や反発は、柔らかいユーモアや軽快さに隠れてあまり目立たなかったものの、この時期の詩人に執拗に取り憑いていたことが今ならわかる。言葉の無力、詩の虚偽、詩人の欺瞞に対する静かな怒りがよく伝わるのだ。そんな言葉や詩に長年携わってきたことへの自己嫌悪もまた。例の「沈黙の十年」が一種の自己処罰であったこともまた同様に、今ならある程度推察できるだろう。『世間知ラズ』は、そうした危機的状況でさえ（であるからこそ）独自の詩想へと昇華する能力を他のどの詩集にも増して発揮した詩集であり、この時期にしか書き得なかったという意味で、空前絶後の名作と呼ぶべきだろう。

『世間知ラズ』で呈したこれらの疑問に対する自らの回答として、新詩集『私』を位置づけたい、と

筆者は考えている。詩集全体に溢れる、言葉や詩への、決して手放しではなく時には諦念さえ漂わせた、深い思いと強い手応えは、詩の存在意義についての十余年におよぶ試行錯誤の結果にほかならないのだ。詩への深い疑念を自らの手で払拭した、大いなる肯定の詩集なのである。

3

連作「私」以外にも、本詩集には、過去の作品との深い結び付きを思わせる作品が多く見られることに気づく。ここでは巻末近くに置かれた連作「少年」を見ておこう。主人公（語り手）が少年に設定された十二篇。ここで詩人は完全に少年になり切っている。

光の胞子を撒き散らして
力いっぱい手をふっている
行ってはいけないと言われているほうへ
少年は行かずにいられない

いくつにも分かれている道を
どうやって択んでいるのだろう
ゆるやかに姿を変える雲を道しるべに
軽やかによそ見しながら

（「雲の道しるべ」冒頭部分）

『二十億光年の孤独』に収録された詩、と偽っても結構信じられそうな作品ではないだろうか。ここでもまた、銀河の旅から帰った孤独な少年ジョバンニが彷彿されるだろう。さらにもう一つ、この作品と重ね読みしたい詩がある。詩集『はだか』所収の「さようなら」(Ⅲ部一章で詳述)である。雲を道しるべに道を行く少年は、「ぼくもういかなきゃなんない/すぐいかなきゃなんない/どこへいくのかわからないけど/さくらなみきのしたをとおって/おおどおりをしんごうでわたって/いつもながめてるやまをめじるしに/ひとりでいかなきゃなんない」と語る少年を(たぶん無意識のうちに)三人称で描き直したようではないだろうか。十二篇の連作のうち、これがプロローグで、第二作から最後まで語り手は「ぼく」になっている。いずれも少年(おそらくジョバンニと同じ十一歳くらい)特有の瑞々しい感覚で、「いのち」「仔犬」「母」「音楽」「虹」といったモチーフを次々と歌っていく。これらのモチーフもまた、『二十億光年の孤独』と共通していることに気づく。連作中二番目の作品を引用する。

いのちの草むらを歩いてゆく
ぼくは星の地平を越えて
ここにいることが出来ない
音楽がいつまでも終わらないから

(「いのちの草むら」冒頭部分)

少年にしか感じられない(はずの)瑞々しい感性、期待、不安、発見、身体感覚。要するに思春期の抒情精神のすべてが一人称で語られているのだ。先に挙げた「私」の連作とは対照的である。とはいえ、深層部分では重なっているところもある。それは、世界や音楽やヒトや言葉への、要するに世界に対する（微妙な保留を含みながらの）肯定の姿勢だ。わかりやすい部分をいくつか引いてみる。

○ぼくはまいにち日記を書きつづける（「未来の仔犬」）

○かすかな弦楽の音だけが／ぼくをこの世につなぎとめている（「母に会う」）

○愛することをおぼえ／死ぬことにさえ歓びを感じて（同右）

○ぼくの生きるあかしだと知っているから（「音楽の中へ」）

紙幅の都合でこれ以上引用できないのが残念だが、要約して言うなら、人生や世界を歓びとして受け入れる孤独な少年の肖像なのである。連作中第六篇「ヒトなんだ」の冒頭に「ぼくは年とった少年で／まだ生れていない老人だ」とあるのも、最終篇「さよならは仮のことば」中に「赤んぼうだったぼくは／ぼくの年輪の中心にいまもいる」とあるのも、連作「私」の磊落さを少年の視線でパラフレーズしているかのようだ。さらにもう一つの連作に、十八歳時に書かれた詩「午後おそく」を元にした十一篇の「変奏」がある。この連作について、筆者なりの論脈から結論だけを述べるなら、自らの青年期との対話＝コラボレーションとも見える本連作は、『二十億光年の孤独』を書いた青年が六十年という周期を経て原点に回帰したことを告げる、詩の還暦宣言、ということになる。

ここであらためて、谷川俊太郎のこれまでの詩人歴を、本章冒頭に提起した区分に従って要約してみよう。詩を書く孤独な少年が『二十億光年の孤独』で人生や音楽や世界や詩や言葉への開放的信頼を表明し、その後実人生の中でリアルタイムの自己像を描きつつ（『21』『コカコーラ・レッスン』『メランコリーの川下り』）言語実験による幾多の変容を繰り返し（『定義』『日本語のカタログ』）、言葉と沈黙の葛藤に傷つき悩み疑念と反発の極北を体験し（『世間知ラズ』）、そのピークからゆるやかに回復を計りつつ（『minimal』）人生や音楽や世界や詩や言葉への肯定的意志を再確立した、その結実が詩集『私』である、と。

4

本詩集中、詩人の肯定意志再確立を何より雄弁に語っている作品は「詩の擁護又は何故小説はつまらないか」だろう。全文（七連三十二行）を引用しながら読んで行きたい。

初雪の朝のようなメモ帳の白い画面を
MS明朝の足跡で蹴散らしていくのは私じゃない
そんなのは小説のやること
詩しか書けなくてほんとによかった

軽妙なユーモアに包んではいるが、これが詩人の偽らざる本音だろう。『世間知ラズ』で「詩は／滑稽だ」（「世間知ラズ」）と断じ「詩人なんて呼ばれて」（「理想的な詩の初歩的な説明」）と嘆いてみせた詩人が、十五年にわたるゆるやかな回復期を経て〈詩の肯定〉へと回帰した。「詩しか書けなくてほんとによかった」とは、「私は書き継ぐしかない」（「書き継ぐ」）のリフレインと並んで、詩集中最も力強い詩作宣言である。

小説は真剣に悩んでいるらしい
女に買ったばかりの無印のバッグをもたせようか
それとも母の遺品のグッチのバッグをもたせようか
そこから際限のない物語が始まるんだ
こんぐらかった抑圧と愛と憎しみの
やれやれ

詩はときに我を忘れてふんわり空に浮かぶ
小説はそんな詩を薄情者め世間知らずめと罵る
のも分からないではないけれど

小説の際限なさと比較することで詩の軽やかさが謳われている。「薄情者」や「世間知らず」は、詩人への罵言としてこれまでしばしば用いられてきた。『世間知ラズ』で自己否定に用いられた「世間知らず」は、ここで「のも分からないではないけれど」と流されている。この老獪かつ軽快なスタンス。

小説は人間を何百頁もの言葉の檻に閉じこめた上で
抜け穴を掘らせようとする

だが首尾よく掘り抜いたその先がどこかと言えば
子どものころ住んでた路地の奥さ
そこにのほほんと詩が立ってるってわけ
柿の木なんぞといっしょに
ごめんね

小説の所業をあっさり要約した上でその行き着く先に「詩」があることを示唆する。「のほほんと」はこの詩人らしい素朴な言い回しながら高度な技巧表現でもある。「ごめんね」の一言も。「柿の木」もまた日本人の原郷の喩として秀逸。

人間の業を描くのが小説の仕事
人間に野放図な喜びをもたらすのが詩の仕事

単純な対句表現で肯定の詩学をさりげなく表明。幸福な詩を「書き継ぐ」宣言でもある。

小説の歩く道は曲がりくねって世間に通じ
詩がスキップする道は真っ直ぐ地平を越えて行く
どっちも飢えた子どもを腹いっぱいにはしてやれないが
少なくとも詩は世界を怨んじゃいない

そよ風の幸せが腑に落ちているから
言葉を失ってもこわくない

散文は歩行、詩は舞踏、というヴァレリーの詩学を思わせる二行は、しかしはるかに快活だ。舞踏どころかスキップなのだから。小説も詩も現実の難問を解く直接的有用性をもってはいない。だが、詩は（小説と違って）「世界を怨んじゃいない」ので世界の恵みを受けることができる。「腑に落ちる」もまたさりげなく技巧的な表現。詩が言葉を超えた何かであることを、身体的な実感を込めて詩人は再認する。

小説が魂の出口を探して業を煮やしている間に
宇宙も古靴も区別しない呆けた声で歌いながら
祖霊に口伝された調べに乗って詩は晴れ晴れとワープする
人類が亡びないですむアサッテの方角へ

宇宙的孤独と日常的些事の共存に全く矛盾を覚えない天然詩人だからこそ言い放てる真理だろう。魂、宇宙、祖霊、人類、といった抽象語を具体的な身体感覚で歌い切る大胆さと理不尽なまでの向日性。「詩は」という主語は「私は」と言っても同じことだ。詩に対するデタッチメントを繰り返し標榜してきた詩人がついに詩そのものに憑依した。「呆けた声で歌い」「晴れ晴れとワープ」する「アサッテの方角」とは、「人類」の存続をかけて詩（こそ）が歩むべき〈永遠〉へのベクトルにほかなら

ない。「わたくしの生命は／一冊のノート」（「わたくしは」『二十億光年の孤独』）と呟いた少年が同じ
真実を朗らかに宣する「私」へと生長したのだ。

五章　長篇の詩学

『トロムソコラージュ』あるいは成長する老詩人

永年にわたって長い文章は嫌いと言い続けてきた谷川俊太郎が、喜寿を迎えて新たに長篇詩に挑戦した。この詩人にしてはかなり長めの新作六篇を集めた新詩集『トロムソコラージュ』（新潮社、二〇〇九）は新鮮な驚きを与える問題作だ。もっとも、六篇のうち「詩人の墓」はすでに太田大八の絵と共に詩画集として刊行されており（集英社、二〇〇六）、「トロムソコラージュ」と「絵七日」はそれぞれ雑誌に、「問う男」はウェブ上で発表されていて、私はいずれも初出時に読んでいる。したがって、今回初めて読んだのは書き下ろしの二作「臨死船」と「この織物」。ここではまず全六篇を概観し、その上で、おもに「臨死船」から受けた衝撃を読者に伝えたいと思う。

まず巻頭「トロムソコラージュ」は、詩人が異国の街を歩き続けながら目に映ったものや頭に浮かんだものを自動記述的に書き連ねていく、というスタイルだが、その自由連想的な流れを堰き止め構成に繋ぎ止めている要因は、各ページに挿入されている写真（撮影は著者自身）にある。もちろん、写真が詩を説明しているわけではないし、その反対でもない。いわば写真は詩と即かず離れずの距離を置きながら言葉の流れをコントロールしている。自由ではあっても放埒ではないイメージの流動性は、一瞬の風景を切り取った写真という静止画像によって、書物という枠の中からはみ出すことを免れている。

第二作「問う男」は、作者が昔書いていたラジオドラマの手法を久しぶりに取り出して書いた演劇的長詩。だが、作者自身が末尾近くで「つまらない落ちだ」と書いているように、いわゆる劇的な結末はなく、あくまで詩らしく更なる問いで終わっているところが、いかにもこの詩人らしい。

第三作「絵七日」は、絵の中に入ってしまった「彼」が一週間にわたって様々な絵画世界を遍歴する話だが、この長詩を支えている原理(的なもの)は「七日」という時間と何枚もの絵画作品世界という連作形式にある。「やっとカンバスから脱出できた」元の場所で「彼」は「不燃ゴミを出す日です」と、幻想から現実への回帰をさりげなく示すことを怠っていない。このさりげなさもまた、詩的エンディングの好例と言えるだろう。

第四作「臨死船」はおそらく本詩集中最大の問題作。この長詩を支える原理が「連絡船」という動く建造物の構造そのものとパラレルになっていることに留意したい。空間を移動するのみならず時間をも移動し、「あの世」と「この世」を「連絡」する構造物は、みごとに詩の隠喩になっている。

第五作「詩人の墓」を支える長詩の原理はずばり物語の「筋」にある。長詩の最も一般的な原理と呼んで差し支えない。ひとりの若い詩人の生と死を凝縮した詩句で歌い切った物語詩(バラッド)である。

最後の「この織物」の原理も物語的な「筋」にある。ただしこちらは、ひとりの人生ではなく三人の人生を全体小説風に立体構造化した作品で、小説にたとえるなら短篇よりむしろ長篇だ。二百行の長詩とはいえ、三人もの人生をわずか二百行で描いてしまうというのは、やはり詩でしかできない荒技だろう。谷川俊太郎はどんなシチュエーションにあってもやはり谷川俊太郎なのだ。

以上、詩集『トロムソコラージュ』における長詩の原理を要約するなら、写真による抑止力、演劇性、連作、流動的建造物、物語性、ということになるだろうか。いずれも、現代詩の今後を占う上で重要なヒントになるはずだ。中でも特に重要と思われる「臨死船」について、しばらく考察を試みたい。

　詩を自己表現の檻から解き放ちあらゆる人物や事物にいともたやすく憑依する能力こそが谷川俊太郎の真骨頂であることは、これまで折あるごとに指摘してきた。二〇〇八年に出た校歌詞集『ひとりひとりすっくと立って』（澪標）は、幼稚園から老人ホームまで、あらゆる年代の「校歌」をそれぞれ歌うこどもたちや大人たちの立場で表現した作品集だった。つい最近も、生まれたての新生児になり切った視点からの遺言（！）を読んだばかり（『こどもたちの遺言』佼成出版、二〇〇九）。その並外れた憑依能力を遺憾なく発揮した今回の作品が「臨死船」である。六行二十二連から成る長詩の第一連を引用する。

知らぬ間にあの世行きの連絡船に乗っていた
けっこう混みあっている
年寄りが多いが若者もいる
驚いたことにちらほら赤ん坊もいる
連れがいなくてひとりの者がほとんどだが
中にはおびえたように身を寄せ合った男女もいる

おそらく宮沢賢治『銀河鉄道の夜』を源泉とする「あの世行き」の乗り物と、ギリシャ神話のカロンの艀を合体したかのような「連絡船」のイメージで詩は始まる。第四連までは周囲の情景描写だ。船は「まるで海」のような三途の川（?）を「低い古風な機関音を立てて進んでゆく」。ふと「どこからか声が聞こえて」（第五連）くるのだが、それは「女房」の現世からの呼び掛けだ。あの世にいる者から見ればこの世にいる者の方が「幽霊のように影が薄い」ので「まるで手ごたえがない」のだが「気持ちが手に取るように分かる」。「本気で悲しんでいるのはいいが／生命保険という打算も入っているのが気になる」と、詩人はユーモアも忘れない。

第八連から第十七連までは、かなり複雑な構造になっている。大きく分けるなら、①船上で観察し体験することがら、②過去の様々な出来事の再現や記憶、③語り手の様々な感覚や思考、となるだろうか。①では幼い頃に死んだ女友達や野戦服姿で船に乗り込んできた一団などが描写され、②ではバイオリニストの恋人のことや「死のうと思いつめて」いた高校生の頃のことや死について議論した青春期のことが描かれ、さらに③ではその時々の感覚が現在の（臨死状態の）感覚と重ねられている。このように複雑な構造を複雑と思わせずに淡々と読ませるのは作者の力量と言うしかないが、それにしても、これは詩の力によって初めてなし得る力技だ。散文ならおそらく膨大な量の言葉で埋め尽くさないとリアリティを持ち得ない心理・情景・記憶の絡み合いを、わずか六十行で表現してしまうのだから。

第十八連から二十二連（最終連）までの三十行では、此の世への回帰が描かれている。

突然自分が船の甲板から吸い出された

と思ったら胸が締め付けられるように苦しくなった
強い光に目が眩んだ　病院の白い寝台の上だ
「おとうさん　おとうさん」また女房だ
ほっといてくれよと言いたいが声が出ない
だが安香水の匂いがひどく懐かしい

臨死体験から帰還したということだが「またカラダの中に帰って来てしまったのか／嬉しいんだか辛いんだか分からない」と、相変らず語り手は冷静だ。この冷静沈着さは紛れもなく作者の個性によるものと見ていい。また、詩人特有のデタッチメントの姿勢を思い起こしてもいい。谷川俊太郎は臨死体験のさなかにおいてもなお谷川俊太郎なのだ。
最後の三連は、生に帰還した語り手があらためて新鮮な感覚に浸りつつ生への後悔／執着に苛まれる様子を歌っている。

ああ悪いことをした
脈略なく烈しい気持ちが竜巻のように襲ってきた
誰に何をしたのかを思い出したわけではない
ただ無性に詫びたくなった
詫びなければ死ねないのが分かった
どうすればいいのかその方法を考えなくてはと思う

この取り乱しぶりは謎だ。ほんの先程まで（数行前まで）の冷静沈着とは対照的に、生への執着が前面に表れている。それも具体的な内容はなく「ただ無性に詫びたくなった」というのだから、この謎にヒントはない。原罪意識？　まさか。では詩的原罪？　それなら少しはわかる。詩人であることへの自己処罰なら『世間知ラズ』（思潮社、一九九三）以来この詩人のオブセッションと呼ぶべきテーマだ。では「脈略なく烈しい気持ち」を解消する「その方法」とは？

見えない糸のように旋律が縫い合わせていくのが
この世とあの世というものだろうか
ここがどこなのかもう分からない
いつか痛みが薄れて寂しさだけが残っている
ここからどこへ行けるのか行けないのか
音楽を頼りに歩いて行くしかない

「音楽」だけが「この世とあの世」を「縫い合わせていく」という宣言で詩は終わる。この不思議な「縫い合わせ」の感覚が谷川俊太郎の現時点での〈喫水線〉と思われる。もう一つの書き下ろし作品「この織物」は、まさにその〈喫水線〉の所でぎりぎりの人間模様《ドラマ》を描いた作品である。まず、映画の一シーン（老賢者が語る織物の繰り返しパターンの意味）から始まり、初老の男（映画監督）と脚本家の女性の人生が語られる。さらに、瀕死の状態にある監督の一人称の語りがあり、その死後、女性脚本家が若い恋人に語る場面が続く。まるでマルグリット・デュラスの小説と見紛うばかりの人生ドラマが、こちらは二百行の長篇詩で描かれている。老賢者→老監督→女性作家→青年、へと引継がれる「織物」は、まさにテキスチャー＝テキストそのものではないだろうか。

以上見てきたように、『トロムソコラージュ』は詩人の最前線を示す新作の集成だが、とりわけ書き下ろしの二篇はきわめてスリリングな実験作と見られる。さて。さらに成長を続ける老詩人はどこへ行くのだろうか？

Ⅲ　越境の詩学

断片的に目に触れる機会が時折あってその都度気になりつつもまとめて読む機会がなかった詩集、というのがあるものだが、谷川俊太郎の〈こどもの詩集〉は私にとってまさにそうした〈未読の必読書〉だった。このことに気づいたのは、学生たちと共に谷川詩集を一冊ずつ読む機会を得たおかげだ。若者たちの新鮮な読解から教えられることは大きい。

例えば、『谷川俊太郎《詩》を読む』（澪標、二〇〇四）の中で、藪紗千子は、詩集『どきん』（理論社、一九八三）の「II」章「海の駅」に注目し、〈こどもの詩〉の間に挟まれた作品群が子どもたちの「今」にとって「意味がない」としても、そこには「経験を重ねて「哲学する」ことができるようになったときに」あらためて「読み返してほしい」という作者の願いがこめられているのではないか、と推察している。また、同じく金田奈生美は、総ひらがなで一見〈こどもの詩集〉らしく見えなくもない『よしなしうた』（青土社、一九八五）が実は巧妙に仕組まれた〈おとな〉のための詩集であることを看破し「おもしろこわい」作品の魅力を語った上で、「この『よしなしうた』を楽しめるようになったら、もう子どもとは言えないのかも知れない」と締め括っている。さらに、やはり総ひらがなで書かれた『みんなやわらかい』（大日本図書、一九九九）を取り上げた布谷ちひろも、「子どもの気持ちで書かれたものではなく、子ども向きに書かれたものでもない、という一面を感じた」と述べた後で、「内にいる《子ども》を大切にしているからこそ、谷川俊太郎はいつでも大人から子どもになれるのだろう」と結論づけている。これら若者の読みに共通しているのは、いずれも〈こども〉と〈おとな〉の世界を自由に行き来する詩人の能力に対する驚嘆、もしくは賛嘆の念だろう。それは、若者たちが未だ〈おとな〉の入り口に立ったばかりの〈昨日のこども〉だからこそ強く感じられる驚嘆であり、〈こども〉の感覚を失っていないからこその〈幼児性〉への賛嘆でもあるだろう。谷川俊太郎の稀有な能力の一つはこの〈幼児性〉の自在さ——ボードレールの言葉を借りれば「意のままに取り戻せる幼年期」——にある。

幼年期から遠く隔たってしまった筆者は、ここで、〈昨日のこども〉たちの読みに学びながら、谷川作品に一貫して流れている〈こども〉の世界観を、能うかぎり作品に即しつつ——〈おとな〉の読みの視点を加えながら——谷川詩学の中に位置づけてみたいと思う。言い換えれば、谷川俊太郎の詩の中心を成す〈幼児性〉が巧妙に構造化されている様子を〈こどもの詩学〉として論じてみたい、ということだ。

『みみをすます』——完璧な回答

谷川俊太郎が〈こどもの詩〉を本格的に詩集にまとめる着想を得たのは、実はそれほど初期のことではない。おもに童謡をまとめた「歌詞」集である『日本語のおけいこ』(理論社)は一九六五年に出ているが、これはあくまで「歌詞」集である。やはり『ことばあそびうた』(福音館書店、一九七三)からと見るのが順当なところだが、それでも「ことばあそび」や「わらべうた」はあくまで詩の

〈実験〉であり、「うた」ではあっても詩そのものではない（と、あえて言っておく）。言葉の音やリズムを重視した〈実験〉を経て、そこに独自の意味とイメージ、さらには思想を付与することで本格的に〈こどもの詩〉を〈現代詩〉の地平にまで引き上げた——つまり〈こども〉と〈おとな〉を貫く詩想を確立した——のは、一九八二年（五十一歳）の『みみをすます』からではないか、と私は考えている。

長篇詩六篇から成るこの詩集の帯文には、

（……）和語だけでどれだけ深く広い世界を謳いあげることができるか、著者があしかけ十年にわたって問い続けたことに対する、自らの完璧な回答です。

とあって、（この文が著者自身によるものかどうかは別として）谷川俊太郎のいつになく熱い意気込みを伝えている。ここで「あしかけ十年」というのが、詩集中最も初出の早い「えをかく」（一九七三）からの十年であるとともに、『ことばあそびうた』以来の十年でもあることを考えれば、この詩集がことばの〈実験〉を経た後の一つの達成であることはすぐに想像できるだろう。全一七九行から成る表題作の冒頭を引用する。

みみをすます
きのうの
あまだれに

みみをすます

みみをすます
いつから
つづいてきたともしれぬ
ひとびとの
あしおとに
みみをすます

初期作品以来の主要モチーフである「みみをすます」をキイワードに、大から小まで様々な物音が——「しんでゆくきょうりゅうの／うめき」から「おともなく／ふりつもる／プランクトン」まで——様々に描写され、さらに、それらの物音に囲まれた〈沈黙〉までが描かれている。これはきわめて当然の結果というべきだろう。というのも、「みみをすます」とは沈黙を発見する行為にほかならないからだ。

やがて
すずめのさえずり
かわらぬあさの
しずけさに

みみをすます

もちろん、「和語だけで」書かれたこの作品に「沈黙」という語は一度も用いられていない。が、様々な物音に囲まれたこの「しずけさ」が、例えばこれよりはるか以前に、

沈黙を語ろうとすることも、沈黙との戦いのひとつである。

（「沈黙のまわり」『愛のパンセ』一九五七）

と、書かれた文脈で用いられていたような意味での「沈黙」であることは明らかだ。沈黙との戦いとは、谷川俊太郎のごく初期からの詩人としての自恃＝詩人の使命にほかならなかった。この姿勢は、詩「みみをすます」の末尾で次のように敷衍されている。

みみをすます
きょうへとながれこむ
あしたの
まだきこえない
おがわのせせらぎに
みみをすます

さりげなくやさしいことばづかいの中に、時間の空間化という難業を具体的に表明してこの作品は終っている。「きょう」と「あす」の時間の流れを「おがわのせせらぎ」というこれもさりげないイメージで合流させ、ささやくような物音で「沈黙のまわり」を表現している、と言ってもいい。だが、どのようにパラフレーズしてみても、この短い六行をよりわかりやすく説明したことにはならない。それくらい、これらの表現は他の表現への置き換えを拒んでいるとも言える。それでもなお、こうした敷衍をしてみたくなるのは、ほかでもない、このように簡潔きわまりない表現で歌われる〈こどもの詩〉がそのまま〈おとなの詩〉として読まれ得る――言い換えれば（こどもの）詩が（おとなの）詩学に直結している――ことを示す必要があるからだ。読みやすいからといってひらがなをみくびってはいけない、と。

詩における〈沈黙〉を表現し切った「みみをすます」と並んで、この詩集には、人の誕生から死までを象徴的に描き切った「ぼく」（余談になるが、この詩はフランスの現代作家ル・クレジオの長篇小説『愛する大地』の「目次」を思わせる。「たまたま地上に／ぼくは生れた」に始まって「ぼくは死んで／埋葬された」に終る二十三の章題が一篇の詩になっていて、詩の背後にロマネスクな世界が潜んでいることを示している）や、対幻想における自意識の不思議を追究した「あなた」や、他者性の不条理と不気味を抉り出した「そのおとこ」など、人間の深遠さを探究する企てがさりげなく素朴なことばで綴られていて、何度読んでも新しい発見に事欠かない。詩集帯文にあるように、ひらがなのみによるこの詩集は、初期作品以来三十年にわたる谷川詩学からの「完璧な回答」なのである。

『どきん』——沈黙と歌の詩学

詩集『みみをすます』の翌年に刊行された『どきん』（理論社、一九八三）では、総ひらがなで書かれた「Ⅰ」と「Ⅲ」に挟まれた「Ⅱ」の十六篇に、〈こども〉と〈おとな〉をつなぐ通路がつくられている。まず、自作の方法を単刀直入に言い切った次のような作品。

大げさなことは言いたくない
ぼくはただ水はすき透っていて冷いと言う
のどがかわいた時に水を飲むことは
人間のいちばんの幸せのひとつだ

確信をもって言えることは多くない
ぼくはただ空気はおいしくていい匂いだと言う
生きていて息をするだけで
人間はほほえみたくなるものだ

（「ぼくは言う」前半部）

「水」や「空気」といったあたりまえのものにさえ、いや、あたりまえのものにこそ、「幸せ」や「ほほえみ」を感じる、という素朴さの表明が直截に語られている。この素朴さは、しかし、素朴さを失わないままに、後半部分で次のように深遠な洞察を導くためのものだ。

あたり前なことは何度でも言っていい
ぼくはただ鯨は大きくてすばらしいと言う
鯨の歌うのを聞いたことがあるかい
何故か人間であることが恥ずかしくなる

そして人間についてはどう言えばいいのか
朝の道を子どもたちが駈けてゆく
ぼくはただ黙っている
ほとんどひとつの傷のように
その姿を心に刻みつけるために

（「ぼくは言う」後半部）

ここでは、口に出すべき「あたり前なこと」と、口に出すことが困難なこととの対照を際立たせるために、「鯨」と「人間」が対比されている。ここで最も重い意義を担うのは「ぼくはただ黙っている」というフレーズであり、「みみをすます」の場合と同じく〈沈黙〉のテーマである。「ひとつの傷のように」人間の姿を受け入れる、という悲壮な決意は〈現代詩〉の深みにまでたしかに届いていると見るべきだろう。

ほんとうに一番だいじなことは〈沈黙〉によって示すしかない、という谷川詩学のモチーフは、同じ詩集のやはり「II」章に収められた詩「春に」でも展開されている。まず、思春期特有の生のエネルギーを直截に表現するフレーズでこの詩は始まる。

この気もちはなんだろう
目に見えないエネルギーの流れが
大地からあしのうらを伝わって
ぼくの腹へ胸へそうしてのどへ
声にならないさけびとなってこみあげる

（「春に」同）

「この気もちはなんだろう」の繰り返しを伴うフレーズが思春期の「エネルギー」を様々に描き出した後に、初期詩篇からなじみの〈青空〉のモチーフがあらわれる。

あの空のあの青に手をひたしたい
まだ会ったことのないすべての人と
会ってみたい話してみたい
あしたとあさってが一度にくるといい
ぼくはもどかしい
地平線のかなたへと歩きつづけたい
そのくせこの草の上でじっとしていたい
大声でだれかを呼びたい

そのくせひとりで黙っていたい
この気もちはなんだろう

（「春に」末尾部分）

ここでもやはり、最後に重要な意味をもつのは〈沈黙〉だ。「だれかを呼びたい」気持と「ひとりで黙っていたい」気持とのアンビヴァレンツ。こうした矛盾を矛盾のままに抱え込むことで少年は青年へと成長する。だからこの詩が「春に」と題されているのは（季節としての春であるとともに）思春期もしくは青春期の「春」を歌っているからなのだ。リフレインを用いた歌のリズムが、思春期特有のもどかしさ性急さ、というこの詩のテーマとぴったり重なっている点にも、谷川詩学の片鱗が見えるだろう。

詩における「歌」のモチーフもまた、詩集『どきん』の重大要素といえる。おもに漢字仮名交じりで書かれた「II」章と総ひらがなで書かれた「III」章をつなぐかのように、「II」章の最後に置かれた詩「そのひとがうたうとき」は、もう少し長ければ詩集『みみをすます』に収録されていてもおかしくない、「和語だけで」「深く広い世界を謳いあげ」（『みみをすます』帯文）た作品である。

そのひとがうたうとき
そのこえはとおくからくる
うずくまるひとりのとしよりのおもいでから
くちはてたたくさんのたいこのこだまから
あらそいあうこころとこころのすきまから

そのこえはくる

（「そのひとがうたうとき」冒頭部分）

「そのひと」とはだれのことなのか（例えば詩人？）、「そのこえ」とはどんな声なのか。いくつもの問いに答えることなく、リフレインを多用した〈歌〉のリズムは詩句を先送りにして進んでいくばかりだ。というのも、〈歌〉とは常に新しい謎にほかならないのだから。

そのひとがうたうとき
よるのなかのみしらぬこどもの
ひとつぶのなみだはわたしのなみだ
どんなことばももどかしいところに
ひとつのたしかなこたえがきこえる
だがうたはまたあたらしいなぞのはじまり

（「そのひとがうたうとき」部分）

〈歌〉は人の心に見知らぬ他者への共感を呼び起こし、その共感は「ひとつのたしかなこたえ」と言えるのだが、〈歌〉そのものは――〈歌〉の不思議な力は――ついに永遠の謎なのだ。それでもなお、詩人は「たしかなこたえ」を求め続ける。「どんなことばももどかしいところ」とは、〈沈黙〉によってしか示されない、「青空」にも喩えられるあの広大な空隙であり、「ひとつのたしかなこたえ」とは、「生きるために、詩人は言葉をもって音楽と戦わなければならない」（「沈黙のまわり」）と宣言して以来、詩人が絶えず発し続けてきた詩のことばのことである。この詩は次のように力強い宣言で（四半世紀前の宣言を敷衍するかのように）締め括られている。

くにぐにのさかいをこえさばくをこえ
かたくななこころうごかないからだをこえ
そのこえはとおくまでとどく
みらいへとさかのぼりそのこえはとどく
もっともふしあわせなひとのもとまで
そのひとがうたうとき

（「そのひとがうたうとき」末尾部分）

「みらいへとさかのぼり」？　過去ではなく未来へと遡る、とは、時間の不可逆性をも克服する〈歌〉のエネルギーの表明にほかならない。

『よしなしうた』——諧謔と残酷

詩集『どきん』の刊行後、谷川俊太郎は次々と新しい試みを実践し、多くの実験作を世に送り出している。まず、一九八三年には、正津勉との『対詩』（書肆山田）、それに桑原伸之のユニークな絵との共作『スーパーマンその他大勢』（グラフィック社）。一九八四年には集英社シリーズの人気作『手紙』と思潮社シリーズの実験作『日本語のカタログ』、それに全三六六篇の短詩から成る『詩めくり』（マドラ出版）。そして、一九八五年には、『みみをすます』からさらに一歩進んだ実験詩集と見るべき『よしなしうた』（青土社）が出ている。まさに快進撃といったところだ。いずれもいつかは論じてみたいユニークな作品だが、これらの詩集に逐一触れることはできない。ここでは『よしなしうた』に焦点を合わせて、谷川詩学における〈こども〉と〈おとな〉の接点をさらに探ってみることにする。

全篇ひらがなのみで書かれた『よしなしうた』は、『みみをすます』で試みた「和語だけ」による詩作のルールをやや柔軟にし（漢語をひらがな表記で用いる場合もある）、さらに読みやすさを追求した作品だ。全篇見開き二ページで各十四行という短い作品から成っていることも特徴の一つと言えるだろう。まず、一篇を引用してみよう。

てんきのいいのは　ふゆかいである
そらがぬけるように　あおく
そよかぜが　ふくともなくふいているのは
ひとを　ばかにしているとしかおもえない
だが　そのおなじてんきが
ゆかいでたまらないときも　あるのである
そうおもうと　よけいふゆかいである
だからといって　てんきというものを
きぶんによって　かえようとかんがえるのは
もっともっと　ふゆかいである
どんなてんきでも

それは　りそうのてんきで
てんきを　ふゆかいにおもえるのは
ひとの　いろいろなたのしみのひとつである

（「てんき」）

天気についての考察をあれこれめぐらせながら、最後に一挙に「ふゆかい」を「たのしみ」へと逆転してみせる。谷川俊太郎の得意技の一つである。冒頭の一行からしてアイロニーが明らかな作品だが、「ゆかい」と「ふゆかい」の間を揺れ動くさまには絶妙の諧謔が漂っている。一見他愛ないようなナンセンスの中に微妙な心の揺れが活写されていて、読みようによってはかなり深刻な心理描写を諧謔にくるんで表現しているようにも見える。例えば、「ふゆかい」を「憂鬱」に、「ゆかい」を「爽快」に、置き換えたとしたらどうだろう。一種の躁鬱病患者の独白のように読まれないだろうか。不合理な（と感じる）些事に病的にこだわる人間の不条理さが浮かび上がるはずだ。すべての天気が理想の天気ならば、そもそも理想の天気などという概念が成り立たなくなるのだし、不愉快が楽しみなら不愉快という概念もまた成り立たなくなるのだから、まさにこうした発想そのものが「よしなし」ということになる。つまり、ここで歌われているのは理想や不愉快といった概念を無意味化する行為であり、まさにそれゆえの「よしなしうた＝Songs of Nonsense」ということになる。ここで〈歌〉は思考を無意味化し感情を不条理化する危険をはらんでいるのだ。

ところで、この詩を四行・三行・三行・四行と分けてみると、これが詩集『旅』で多用されていた変形ソネットのヴァリエーションであることに気づく。『よしなしうた』収録作品はすべてこの変形ソネットで書かれていて、様式へのこだわりが独自のリズムを獲得していることがわかる。ということは、様式＝意匠としての〈歌〉が思考を停止させる危険を警告しているようにも見えてくる。
このような〈歌〉の根源的な力は、例えば次のように危険な抒情に結びつくこともある。

こどもは　しろいとびらをあける
とても　おそろしいことを
こころのなかで　かんがえるが
そのことは　だれにもいわない
（中略）
たんぽぽのはなの　さくたびに
こどもは　かわべりでゆめみる
ほんとうに　そのことをしたあとの
とりかえしのつかぬ　かなしみを

（「たんぽぽのはなの　さくたびに」）

「そのこと」が具体的に何かを示さないままに「とても　おそろしいこと」「とりかえしのつかぬかなしみ」といった詩句が不穏な雰囲気だけを醸し出したまま作品は終わっている。〈こども〉の残酷さ、あるいは不気味さを主題にしつつその主題はついに曖昧にしたままである。まさにその曖昧さこそが〈こども〉の残酷さである、ということだろうか。〈こども〉はそうと知らずに無垢ゆえの悪意をもつことがある。その不穏と不吉を支えているのがこの詩の静謐なリズムだ。「たんぽぽのはな」という穏やかな風景の中で不穏な欲望にとらえられる〈こども〉は無心な分だけよけい恐ろしい。

さらに不穏な印象を強烈に表現しているのは、「ふたり」と題された作品だ。「そいつ」と「わたし」の確執が描写のみで書かれたこの作品は、いっさいの心理を排しているだけにいっそう不気味に非人間的な人間性をあばきだしている。

わたしとそいつは　とっくみあった
くびしめあった　いきたえるまで
だってほかに　どうすりゃいい？
のはらにころがる　ふたつのしたい
かみさま　どうかごらんください

（「ふたり」末尾部分）

この上なくドライな筆致で即物的に描かれる「ふたつのしたい」は、様々な人間どうしの（あるいは国どうしや民族どうしの）争いを暗示しているし、「かみさま」への呼びかけは深い絶望と諦念を示している。寡黙な中にも強いプロテストを含んだ作品である。このあたりが、決して子ども向きではないと感じさせる大きな要因と思われるが、このあっけらかんとした絶望こそが、先に引用した「たんぽぽのはなの　さくたびに」と同様に、〈こども〉の残酷さと通じるものである、とも言えそうだ。ここには、無垢な〈こども〉でさえ人間性の闇からまったく免れているわけではない、との認識が垣間見えるように思われてならない。一見単純で素朴に見える〈歌〉の中に、鋭い人間洞察からくる深い絶望までが見え隠れしているのが、この『よしなしうた』の特徴と言えるだろう。

『みんな　やわらかい』――本質的孤独と沈黙の歌

『よしなしうた』の後も谷川俊太郎の〈こどもの詩〉による実験はさらに続いていくが、この頃からは画家や写真家とのコラボレーションがいっそう目立つようになっていく。ざっと挙げると、和田誠との絵本詩集『いちねんせい』（小学館、一九八七）、佐野洋子との詩画集『はだか』（筑摩書房、一九八八）、川原田徹との絵本詩集『かぼちゃごよみ』（福音館書店、一九九〇）、百瀬恒彦との写真詩集『子どもの肖像』（紀伊國屋書店、一九九三）、そしてパウル・クレーの絵に詩をつけた『クレーの絵本』（講談社、一九九五）、『クレーの天使』（講談社、二〇〇〇）といった具合だ。

これらの作品についてもいずれ論じる機会を見つけたいと思っているが、ここでは九〇年代を代表する〈こどもの詩集〉として『みんな　やわらかい』（一九九九）を取り上げることにする。大日本図書から刊行された正真正銘の〈こども〉のための詩集で、やはり総かな表記（漢数字は除く）で書かれている。しかし、これを単に〈こども〉だけのために書かれた作品と見るとしたら大きな誤りを犯すことになる。なぜなら、この詩集で詩人は〈こども〉を固定した年齢層に限ってはいないし、〈おとな〉と〈こども〉の境界にほとんど何の意味も与えていないからだ。むしろ、〈おとな〉のための〈現代詩〉の表現からは消えつつある直截な〈真実〉を、あらゆる人間の奥底に潜む〈幼児性〉の中に発見しようと努めているように思われる。まず、「あっかんべ」と題された作品を全文引用する。

ぼくはひとりです
おおぜいのうちのひとりです

おおむかしからいままでの
ひがしやにしやきたやみなみの
ごちゃごちゃのなかのひとりです

おかあさんはぼくをうんだ
おとうさんはおかねをくれる
ともだちは三にんいる
おばあちゃんもふたりいる
だけどぼくはひとりです

うちにだれもいないとき
ぼくはかがみのなかのぼくに
あっかんべをする
そばでねこがねむっている
ぼくはひとりです

ここにもまた、初期作品以来の谷川詩学の重要命題が展開されている。〈孤独〉のテーマのことだ。一人っ子であったことやマザコンであったことは、詩人自身が繰り返し自己解説に用いてきた〈孤独〉癖の原因だが、ここで問題にしたいのは、そうした作家論的つじつまのことではない。原因がなんであれ、詩的創造に不可欠な〈孤独〉の主題を詩人が〈こどもの詩学〉の中でどう位置づけているか、という作品論的な筋道のことである。

一読していかにもわかりやすい――表面上の意味はすぐにわかる――、それゆえに〈こどもの詩〉として容易に読まれる作品だが、ちょっと立ち止まってみると、三度繰り返される「ぼくはひとりです」がそれぞれ異なった意味に用いられていることに気づく。第一連では「おおぜいのうちのひとり」という認識、つまり他の大勢の人間と同様のひとりであるという認識――ボードレール的な意味での〈群衆の中の孤独〉――が痛切に、それも時間と空間の両軸の中で位置づけられている。ここに描かれているのはいわば世界の中での〈孤独〉だ。第二連では、家族や友人が複数いるにもかかわらず自分はひとりなのだという〈単独者〉の認識が記され、これは第一連と比較してより身近な共同体の中での〈孤独〉である。そして第三連では鏡像を前にしてのより本質的な〈孤独〉が描かれている。端的に区別して呼ぶなら、第一連では宇宙論的――詩人の言葉を借りれば「コスミック」な――〈孤独〉が、第二連では社会的〈孤独〉が、そして第三連では本質的〈孤独〉が描かれていることになる。第一の〈孤独〉はまさに『二十億光年の孤独』に描かれた谷川少年のそれであり、第二の〈孤独〉が『うつむく青年』その他に描かれた谷川青年のそれであったことに思い至れば、第三の〈孤独〉こそがいっそう成熟した〈おとな〉としての詩人の使命（この言葉をおそらく谷川俊太郎自身は否定するだろうが）を暗示していることに気づくのではないだろうか。

では、このように発見された本質的〈孤独〉とは具体的に言って何を意味するのだろうか。少年でもなく青年でもない「ぼく」が鏡像の「ぼく」に向かって「あっかんべ」するような、一種トリックスター的な、あるいは天使的な、自由で気侭で無垢で残酷な、そんな全一的存在の〈孤独〉である。

ここで、「ぼく」を〈おとな〉に、「かがみのなかのぼく」を〈こども〉に置き換えることはできないだろうか。そうすれば、この一見素朴な〈こどもの詩〉の中に詩人の本質的〈孤独〉という詩学上の命題が示されていることになる。つまり、詩人にとっての本質的〈孤独〉とは〈おとな〉の自意識によって意のままに取り戻せる〈こども〉の〈孤独〉のことである、と。

ここで、谷川俊太郎が一九六九年に書いたエッセイをふりかえってみることにする。早くから彼が翻訳し続けているシュルツの『ピーナッツ』について書いたエッセイである。

> チャーリー・ブラウンは、いったい何歳なんだろう？　七歳に見えるときもあるし、三七歳に思えるときもあるし、七〇歳に感じられるときもある。
>
> （「チャーリー・ブラウンの世界」）

このエッセイを書いた時、詩人は三十七歳。ということは、自らの影をチャーリー・ブラウンの内に見ていたことにならないだろうか。さらにまた、自らの幼年期を、それにまた老年期をも、このキャラクターの中に発見していたことにならないだろうか。チャーリー・ブラウンとしての谷川俊太郎、と呼びたくなるではないか。もう少し引用を続けてみる。

> 単純な姿のわりに屈折した心の持ちぬしでマンガの主人公のくせに「憂愁」とでもいうほかはない表情をしているが、彼とその仲間たちの生きている世界は、まぎれもなく私たちの生きている世界そのものだ。

チャーリー・ブラウンの表情に「憂愁」を読み取った詩人は、自らの〈こども〉性を〈おとな〉と同軸に置く方法を手に入れたようだ。詩人の人生観にシュルツの描き出す世界がみごとにシンクロナイズした、といってもいい。

彼らは私たちと運命を共にしている。私たちは彼らと運命を共にしている。甘さ、からさ、すっぱさ、しぶさ、にがさ――このマンガには人生のあらゆる味がある。

このように語られる『ピーナッツ』の世界は、谷川俊太郎の描く〈こども〉の世界と全く同質と言っていい。また、この世界には、こうしたあらゆる味わいだけでなく、人間の負の面もいやおうなくあふれている。ここは特に重要な点なので、もう少し引用しておこう。

(……)彼らの世界がおとなの縮図かといえばそうではない。彼らは小生意気なミニチュアおとなではなく、多くの場合、現実の子どもよりももっと子どもらしく、無邪気で率直なのである。が、その子どもらしさが、単にかわいらしいだけでなく、ときに人間の本質に迫る意地悪さや、残酷さ、エゴイズムなどをはらんでいるところに、このマンガの一種の深みとでもいうべきものがあると思う。(傍点引用者)

ここには、谷川俊太郎の描き出す〈こども〉のすべての要素がそろっている。無邪気、率直と、意地悪さ、残酷さ、エゴイズム、である。彼はさらに、これらの要素をそろえた世界の「デリケートなユーモアは、むしろおとなの心により深く訴えかけてくるようだ」とまで書いている。要するに、〈こども〉の世界にはあらゆる〈おとな〉の世界の雛形がそろっている、ということだ。

一九九九年、谷川俊太郎六十八歳。三十七歳の時に書いたエッセイで予告（?）した「七〇歳」を間近にひかえた詩人は、あらゆる年齢のチャーリー・ブラウンを表現すべく詩集『みんな　やわらかい』を刊行した。だからこの詩集が表現している世界は、〈こども〉であると同時に〈おとな〉でもある――全一的存在である――〈詩人〉の世界観として読まれるべきなのだ。

詩集『みんな　やわらかい』に収録された作品の中で谷川詩学の〈現在〉を最もよく示している作品は「きもちのふかみに」と題されている。すべてかな表記で書かれていながら、そして〈こども〉の視線で語られていながら、きわめて深遠な〈詩学〉を暗示している作品だ。各連六行ずつ計五連から成る作品の最後の二連のみを引用する。

いつしんだってかまわないんだ
だけどできたらいきていきたい
かみさまなんていないんだから
ともだちだけはほしいとおもう
はなしをきいてくれるともだち
てをにぎっててくれるともだち

きもちのふかみにおりていこうよ

せんせいとおやとぼくときみと
めにはなんにもみえないとしても
きっとなにかがきこえてくるよ
ほんにはけっしてかいてないこと
うたがはじまるまえのしずけさ

（「きもちのふかみに」）

死を覚悟しつつ生を求め、神を否定しながら友を信じ、仲間と共に「きもちのふかみにおりていこうよ」と呼びかける「ぼく」とは、まさしく〈こども〉の無心と〈おとな〉の有心を統合した全一的存在たる〈詩人〉のことではないだろうか。見えなくても聞こえてくるものに「みみをすます」こと、そこにいくつもの「どきん」をさがすこと、「ほんにはけっしてかいていないこと」つまり「よしなし」と思われるようなものにこそ意味を見出すこと、そしてそれら「みんなやわらかい」ものたちの〈沈黙〉の中にこそ〈歌〉を聞き取ること。

この詩の冒頭には「a song」と記されている。不特定の、なんでもいい、聴くものがそれぞれに発見する、一つの〈沈黙の歌〉こそが、〈こどもの詩学〉からの呼び声なのである。

二章　ひらがな詩を考える　『すき』

1

　谷川俊太郎は、ある時期から自らの作品集を三つの系統に分けて発表するようになった、と言う。その一つは彼が「思潮社系」と呼ぶ、いわゆる「現代詩」の最先端を行く作品群であり、もう一つは、おもに依頼に応じて書かれた、よりポップな作品群（集英社系）。そして三つ目が、「こども」のための作品群（理論社系、とここでは呼んでおく）。

「こどもの詩」と呼ばれるこの第三のジャンルで、谷川俊太郎は様々な実験を行ってきた。その実験は、見方によっては「思潮社系」の作品群にも劣らない過激な前衛性をもつものだ。和語のみで書かれた長篇詩の集成である『みみをすます』、「あたり前のこと」を堂々と口に出すことで「歌」と「沈黙」の相克を描き切った『どきん』、本質的孤独をテーマに誰の中にも潜在する幼児性を暴き出した『みんな　やわらかい』など、この四半世紀ほどの間に「こどもの詩」に刻まれてきた谷川詩学——私はこれを「〈こども〉の詩学」と呼んでいる（前章参照）——の深さ広さは、この詩人の全容をとらえる上で決して軽く見られるべきではない。

詩集『すき』（理論社、二〇〇六）もまた、これら一連の〈こども〉の詩学の系列上に味読されるべき詩集だ。全四十八篇の中でまず目を引くのは、全五章のうち「5ひとりひとり」全十一篇のみが漢字仮名交じり、他の三十七篇はすべて総ひらがな表記になっていることだ。谷川作品における「ひらがな」については、中国の詩人で谷川作品の翻訳者でもある田原（ティアン・ユアン）との間で繰返されている愉快な論争（?）もあるのだが、これについては筆者も加わった一連の鼎談（『谷川俊太郎《詩》を語る』ほか、澪標刊、所収）を読んで頂くとして、ここでは、谷川がどこのだれからの「借り物」でもない日本語固有の「和語」にことさら執着していることを確認しておきたい。「5」章に集められた漢字仮名交じり作品にしても、使われている言葉は概ね平易な和語であり、漢字は「やや年長さん向き」というほどの意味をもつものだろう。

「天才とは意のままに取り戻せる幼年期のこと」と定義したボードレールに倣って、谷川俊太郎の「天才」を、意志的に幼児になり切る能力に見出したい、と筆者は考えている。つまり、大人の意識性をもって幼児の無意識性を自在に描き出す能力のことだ。例えば――。

すき
ゆうがたのはやしがすき
まよってるありんこがすき
りんごまるごとかじるのがすき
ひざこぞうすりむくのも
いたいけどすき

（「すき」）

ここには、林や蟻や林檎といった身近な物への素朴な親近感が語られている。「ひざこぞうすりむくのも／いたいけどすき」など、幼年期から遠く離れた凡人には思い出すのも困難な、だが言われてみれば微かに甦る、一種独特の幼児感覚ではないだろうか。あるいは、幼い少女の一人称で書かれた次のような一節──。

もしわたしまりだったら
まりーってよんでほしい
おおきなこえで
（中略）
みつけられるのをまってると
そよかぜがわたしのまるみを
なぞっていく

こころのなかでわたしははずむ
わたしによくにた
つきにむかって
（「まり　また」）

詩人はここで、一個の「まり」に憑依した一人の少女に憑依している。「まり」に憑依する少女は無意識的だが、その少女に憑依する詩人は意識的だ。つまり、ここで詩人は二重の意味で無意識を創り出している。このしなやかさとおだやかさはただごとではない。最後の三行など、まさに天才少女の筆致を思わせはしないだろうか。
もちろん、谷川俊太郎は天才少女ではない。天才少女のふりもできる大人の詩人だ。だから彼は、時には人でさえないもの――「まり」や「はこ」や「いす」や「かべ」など――にもなり切るし、また、かたちのない抽象的なものになることすらある。

こころのこいしにつまずいて
ことばはじめんにぶったおれた
（「ことばがつまずくとき」）

さすがに一人称は用いていないが、この憑依能力は驚きだ。とにかく「こどもの詩」の中でさりげなく「ことば論」――つまりは「詩学」――を展開するのだから。

こころのやみのどろにうもれて
なにもみえない　きこえない
はなばなのねがからみつく
ちいさないきものたちがはいまわる
ことばはいきがつまりもがく
（同）

「どろ」や「はなばな」や「ね」や「いきもの」がそれぞれ「ことば」にとって何を意味するのかは、決して単純ではないだろう。多義性を保ったまま、この後、「ことば」は「くらやみからうまれるひかり」に照らされて「いのち」を実感することで再起する。

こころのふかみにむかっておずおずと
ことばはかぼそいねをおろしはじめる
（同末尾）

「ことば」の挫折と再起、という文学的命題を語って、これほどまでに素朴な意味表現で複雑な意味内容を獲得した作品を、私はほかに知らない。谷川詩学の精髄をちりばめながら、あくまでしなやかにおだやかに「ことば」の身体を歌った詩である。

2

谷川俊太郎がひらがなだけの詩（以下「ひらがな詩」）を書いたのは、『みみをすます』（一九八二）が最初というわけではない。第一詩集にはすでにこう書かれていた。

漢字はだまつている
ひらがなはだまつていない
ひらがなはしとやかに囁きかける
いろはにほへとちりぬるを
（「世代」部分『二十億光年の孤独』より）

音で味わうべき詩本来の魅力を漢字は十分に伝えることができない、そのもどかしさ、歯痒さ、というのは詩人が半世紀来抱え続けているアポリアだ。この難題を切り抜けるために彼は多くの試みを続けてきている。音楽とのコラボレーションや朗読会や作詞活動など。「ひらがな詩」もまた、現代詩が失った「声」を取り戻すための方法の一環と言えるだろう。「しとやかに囁きかける」ひらがなを新しい日本語の「歌」に定着する試み、と言い換えてもいい。

この試みを、谷川俊太郎は詩人としての出発時においてすでに明確に意識していた。『二十億光年の孤独』(一九五二)には名作「はる」があるし(I部一章)、ほとんどがひらがな(とカタカナ)表記による詩集『日本語のおけいこ』は一九六五年の刊行だ。だが、前者は詩集中唯一のひらがな詩だし、後者は元々歌詞として書かれたもので純粋にひらがな詩とは言い難い。以後、「みずうみ」(『うつむく青年』一九七一)、「にわ」(『空に小鳥がいなくなった日』一九七四)、「みち」(同)、連作「ポール・クレーの絵による「絵本」のために」(『夜中に台所でぼくはきみに話しかけたかった』一九七五、のち『クレーの絵本』一九九五、に収録)、「なにしているの」(『そのほかに』一九七九)、「はるのあけぼの」(同)と、様々な詩集に散在しているものの、まとまったかたちでの(方法としての)「ひらがな詩」という構想にはほど遠い。やはり一九七〇年代の「ことばあそびうた」「わらべうた」の実験を経た後に『みみをすます』から始まる一連の「こどもの詩」と「ひらがな詩」は軌を一にしている、と見るべきだろう。

前章では『みみをすます』『どきん』(一九八三)、『よしなしうた』(一九八五)、『みんな　やわらかい』(一九九九)をおもに取り上げて、沈黙と孤独という詩の根本命題を幼児性の中に見出そうとする企てを「〈こども〉の詩学」と名付けることで、谷川作品全体における「こどもの詩」の位置づけを試みた。ここで注目したいのは、『よしなしうた』と『みんな　やわらかい』の間に出た二冊の重要な詩集『はだか』（一九八八）と『ふじさんとおひさま』（一九九四）である。どちらも総ひらがな表記。そして、どちらも佐野洋子の絵との共同作業である（佐野洋子とは一九九〇年に結婚し九六年に離婚している）。いわゆる「沈黙の十年」に入る直前の作品でもある（『世間知ラズ』は一九九三年刊、『minimal』は二〇〇二年刊）。

詩集『はだか』は、全二十三篇中六篇が武満徹による音楽詩『系図（ファミリー・トゥリー）』に用いられたこともあり、かなり世に知られた作品だが、そのわりに論じられる機会に恵まれていない。総ひらがなで一見「児童詩」風でありながら、異様に暗く寂しい雰囲気が読む者を躊躇させずにいない、その微妙さが妙に気になる作品でもある。もちろん、難解なのではない。微妙なのだ。一例として、武満作品にも用いられている「おかあさん」を見てみよう。

めをつむっているからくらいんじゃない
めをあけたってまっくらだってわかってる
ねむってしまいたいけどおかあさんが
がけからおちるゆめをみそうでこわい
みちをあるいてくるくつおとがする
でもあれはおかあさんじゃない
ひるまがっこうからかえってきたら

かれーつくりながらびーるをのんでいた
おかあさんまたのんでるっていったら
はいまたのんでますっていった
それからおかあさんはでかけた
いまどこにいるのおかあさん
もうでんしゃにのってるの
まだどこかあかるいところにいるの
だれとはなしてるの
わたしともはなしをしてほしい
かえってきてほしいいますぐ
ないてていいからおこっててもいいから

どこにも難しいところがない。それどころか、きわめて平易な言葉遣いで平凡なフレーズが並んでいるだけの詩だ。なのに、このわかりづらさ、曖昧さはどういうことだろう。ひとりの女の子が家に帰らない母親を（といっても何日もというわけでなく、数時間程度のことだが）待っている、というだけの詩だ。だが、暗闇の中で帰らぬ母をひとりで待つ、という情況がまず不安を駆り立てる。眠るのが怖くて起きているのならなぜ灯をつけないのか。母親はキッチンドリンカー？　なかなか帰らないのは外で男と会っているから？　最終行は、母親が泣いたり怒ったりしながら帰ることがしばしばあることを暗示している。

ここに描かれている家族の肖像は、決して明るい幸福なものではない。かといって、破局や崩壊と呼ぶほどの不幸があるわけでもない。せいぜい夜なかなか帰らない（夕食を支度するぐらいの余裕はある）母を待つ寂しさ程度の不幸である。よくあることだ。だが、このよくあること、という程度の不幸感が読者の琴線にそっと触れてくる。程度の差と頻度の差こそあれ誰にも経験のある不安、不穏、寂寥を実にデリケートに描いた作品なのだ。このような脅えは、大人になったからといって払拭されるわけではない。ふだんは理性と習慣の背後に隠蔽されているだけで決して消滅はしない〈こどもの孤独〉を描いているのである。

このような〈こどもの孤独〉を多義的に描き出したのが巻頭作「さようなら」だ。

ぼくもういかなきゃなんない
すぐいかなきゃなんない
どこへいくのかわからないけど
さくらなみきのしたをとおって
おおどおりをしんごうでわたって
いつもながめてるやまをめじるしに
ひとりでいかなきゃなんない
どうしてなのかしらないけど
おかあさんごめんなさい
おとうさんにやさしくしてあげて

ぼくすききらいいわずになんでもたべる
ほんもいまよりたくさんよむとおもう
よるになったらほしをみる
ひるはいろんなひとととはなしをする
そしてきっといちばんすきなものをみつける
みつけたらたいせつにしてしぬまでいきる
だからとおくにいてもさびしくないよ
ぼくもういかなきゃなんない

何度読み返しても不思議な手触りの残る作品だ。例によって難しい言葉は全く使われていない。だが一体、この子どもはなぜ、どこに「いかなきゃなんない」のか。「いかなきゃなんない」という前提だけがあって、その理由や原因が示されないまま〈こどもの孤独〉だけがひしひしと伝わってくる、そんな作品なのだ。

この詩について、ねじめ正一が面白い文章を書いている。「「さようなら」の心の変化、理解の変化」(「河南文藝・文学篇」二〇〇三年秋号)と題したエッセイの中で、七人の子どもを相手にこの作品を用いて「授業」をした体験(NHKのテレビ番組)の報告である。最初「家出の話」であると理解していた子どもたちが「同時に心の自立の詩でもあることに気づいて」いくまでの過程を説明し、最初と最後の「ぼくもういかなきゃなんない」の意味内容(中味)が「違っているところがこの詩の素晴らしいところだ」と、ねじめ正一はたたみかけている。「心の自立」ということは言い換えれば

「孤独の発見」ということでもある。

作者自身が「夢遊病的状態で、書けた詩」と呼んでいるように（「別冊・詩の発見」三号の鼎談）、意味内容の一貫性よりむしろ重層性を重んじた（そのため推敲もほとんどしていない）作品だ。「家出の話」という以外に、こどもの死を描いているとか、里子にもらわれていくとか、あるいは異世界からの旅人（かぐや姫とか星の王子さまとか）が故郷に帰る話とか、さまざまなシチュエーションが思い浮かぶのだが、そのどれが正しいというのではなく、すべての読み方を重層的に含む作品こそが谷川詩学の真髄なのである。

こういう作品は、作者自身が「僕五十何年書いてて今まで数篇しかない」（同右）と言うように「ほとんど奇跡的」と言うしかない。この鼎談ではもう一つ同様の作品として「芝生」が挙げられているが、私は『二十億光年の孤独』中の短詩「かなしみ」をこの「夢遊病的」作品の系列に加えたいと思っている。いずれも詩人の〈本質的孤独〉の表象と言えるだろう。

3

詩集『はだか』には、今挙げた二篇以外にも不思議な寂寥感の漂う作品が多くあって、「こどもの詩」に幼さや明るさや可愛らしさを期待する人は大きく戸惑うことだろう。だが、この詩集に収められた二十三篇の語り手「ぼく」「わたし」は紛れもなく子どもであって、子どもの内面から観察された大人や友達や自然や学校や町が描かれているのだから、やはり「こどもの詩」と呼んで差し支えない作品なのだ。例えば、ジョバンニ少年の孤独と親友カムパネルラの死を冷徹な筆致で描いた宮沢賢治の「銀河鉄道の夜」が「童話」と呼ばれているのと同様の意味で、〈こどもの孤独〉を描き切った

『はだか』は優れて独創的な「児童詩集」である。

谷川俊太郎が自ら語っているように、詩「さようなら」の語り手「ぼく」は「十一、二才の子供」(同右)に設定されているが、この点においても、宮沢賢治の童話作品との比較ができると私は考えている。「銀河鉄道の夜」のジョバンニやカムパネルラ、「風の又三郎」の三郎、一郎、嘉助、「どんぐりと山猫」のかねた一郎……いずれも思春期初期の年齢であることは偶然ではない。世界に自分が在ることの恐れと脅えを初めて意識する年頃だ。言い換えれば、人間としての第二の誕生期である。この時期に感じた寂寥や孤独や不安は、その後の人生において薄まることはあるにせよ、おそらく消えてなくなることはない。また、そうした傾向の強い(多感な、あるいは繊細な)人は生涯〈詩〉から離れることはないだろう。谷川俊太郎の「〈こども〉の詩」は、その微妙な年代における〈こどもの孤独〉を子どもの視線から、子どもの身体感覚をもって、繊細かつ精密に描き出している。ここでは題名のみを挙げるしかないが、「おじいちゃん」「おばあちゃん」に描かれる老いと死に対する疑問と不安、「き」における自然との同化感覚、「はだか」に描かれる子どもの(淡いエロスを伴った)身体感覚、「きみ」に見られる同性愛的友情(「銀河鉄道の夜」を思わせる)、「てんこうせい」に示される新参者への憧れと恐れ(「風の又三郎」を思わせる)などなど。

これらはいずれも、思春期に入ろうとする少年少女の感情や感覚や精神を谷川俊太郎特有の憑依能力によって内側から描いた作品だ。「こどもの詩」のうちでも特に「少年詩」(少女も含む意味で)と呼ぶべきものだろう。漢字を用いても不自然ではないこのジャンルで、あえて総ひらがな表記を用いているのは、その微妙さ曖昧さ繊細さを〈音〉で表現するための技法と見ていい。

これに対して、一九九四年に出た『ふじさんとおひさま』は、同じ「〈こども〉の詩」と言ってもより年少向きの作品だ。まず、佐野洋子の絵が、太い墨のような線が印象的な『はだか』に対して、『ふじさんとおひさま』では色鮮やかな（たぶんクレヨンの）童画風の絵になっている。表紙に記された作者名も前者は漢字で後者はひらがなだ。より年少の（おそらく四、五才の）子ども向けに刊行されたと思われる。だが、そうした「年少さん」向けの本の中でも、谷川俊太郎の〈こどもの詩学〉は決して単なる「お子様本」にはとどまらない。どの大人の中にも潜在している〈幼児性〉の鋭敏な身体感覚にあふれた短詩の集成なのである。まず「なわとび」の全文を引用する。

ぼく　かるいんだよ
とべるんだ
ぼく　おもいんだよ
おちてくる

ぼく　ばねみたい
はねるんだ
でも　のみじゃない
にんげんさ

軽くなったり重くなったりと自在に変化する身体感覚は子どもの実感であるとともに、大人の憧憬でもある。子どもが全身で世界の中を跳ねている様子を思い浮べて、大人は束の間子どもの身体感覚を追体験するだろう。

ひこうきの　つばさ
ナイフみたいだ
ごめんね　そら
いたいだろ

でも　がまんして
おとさないで
あかちゃんも
のっているから

（「ひこうき」）

モダニズム風の短詩の中にさりげなくこめられた祈りと願いが、単なる見立ての面白さを越えた清新な抒情に届いているとは言えないだろうか。

こどものころは
つのなんか　はえてなかった
ふさふさの　まきげだった
おにごっこして　あそんでた

ひとに　いじめられて
だんだん　つのが　はえてきた
だんだん　つめが　のびてきた
なくことも　わすれてしまった

（「おに」）

おにが「おにごっこ」というユーモアとともに、人間の暴力に対するささやかな諷刺も込められていて、子どもの詩ながらあなどれない作品である。

『ふじさんとおひさま』は、こうした幼児向けの作品の中に大人にとって稀少な「幼児性」を織り込んだ詩集である。もう一つ、幼児と大人の感覚照応《コレスポンダンス》を織り込んだ作品を挙げてみる。

あめがふると
つちの　においがする
あめがふると
あしのうらが　くすぐったい

あめがふると
まちが　しずかになる
あめがふると

むかしのことを　かんがえる　（「あめ」）

子どもの身体感覚を繊細に描いた前半部に対して、「むかしのことを　かんがえる」などと大人の尻尾をうっかり出してしまった作品、と見てはいけない。四才の幼児にも「むかし」はあるし「かんがえる」ことだってある。もちろん大人にも。雨が誘う静けさ穏やかさを幼年期の抒情に重ねて読むことで〈こどもの詩学〉が成立するのだ。

詩集『ふじさんとおひさま』は一九九四年、佐野洋子の絵とともに刊行されているが、初出は「毎日こどもしんぶん」一九七七年七月から七九年三月、となっている。ということは、『ことばあそびうた』（一九七三）や『定義』（一九七五）の実験を経て、詩画集（『由利の歌』一九七七）や連詩（『櫂・連詩』一九七九）といったコラボレーションの仕事に打ち込むようになった時期だ。『みみをすます』（一九八二）以後に本格化する「ひらがな詩」と「こどもの詩」の先駆的作品だったわけである。そうした作品群が十五年後に佐野洋子の絵とのコラボレーションのかたちで本になった事実に、谷川俊太郎の「ひらがな詩」への並々ならぬこだわりを見ないわけにはいかない。おそらくその背景には、絵本作家・佐野洋子との十年（?）にわたる共生と相互影響関係が想像されるのだが、この点についてここでは保留にするしかない。それが現存する作家に対する（ひとまずの）礼儀というものだろう。

執筆の時期としては幼年詩から少年詩へと書き進み、さらに名作秀作の数々を重ねつつ新詩集『すき』へと遡った、谷川俊太郎の「こどもの詩」は、その後、刊行の順としては逆に少年詩から幼年詩へと結晶した。実はそれ以前に、詩人はさらに人生を遡行するかのように「あかちゃんから絵本」シリーズを刊行している。現在八冊を数えるこのシリーズではさらに過激な詩的実験が試みられているのだが、これについては第五章で考えてみたい。

三章　定型という装置を考える　『すこやかに　おだやかに　しなやかに』

1

谷川俊太郎の新作『すこやかに　おだやかに　しなやかに』（佼成出版社、二〇〇六）はいささか風変わりな詩集である。バーリ語による上座仏教の経典『ダンマパダ』の「トマス・バイロムによる英訳を底本にして、私は自分が共感するところを自由に日本語にしてみたのです」と、「あとがき」にあるように、訳詩集とも言えるからだ。だがそれにしては、表紙にも奥付にも、「ダンマパダ」もバイロムの名も記されていないので、この本を最初に手に取る人は誰もが、谷川俊太郎の新詩集と思うにちがいない。これはどういうことか。

要点は、「自由に日本語にしてみた」というのが翻訳と創作の微妙な関係を示唆しているところにある。私の結論を先に言えばやはりこれは谷川俊太郎の〈新作〉なのだが、その結論が直ちに出たわけではない。その間の思索の報告から本章を書き起こしてみたい。

2

トマス・バイロム訳の『ダンマパダ DHAMMAPADA-*The Sayings of the Buddha*』（一九七六年初版）は全二十六篇の自由詩から成る。サブタイトルの通り、ブッダの言葉を伝えるものだ。冒頭作"Choices"の書き出しを引用する。

We are what we think.
All that we are arises with our thoughts.
With our thoughts we make the world.

これに対して、『すこやかに…』の巻頭作は「こころの色」と題され、次のように始まる（ルビを省いて引用、以下同）。

私がなにを思ってきたか
それがいまの私をつくっている
あなたがなにを考えてきたか
それがいまのあなたそのもの

「私」と「あなた」を対句的に用いていること、そのため原文の三行が訳文では四行になること、それに単純な繰り返しを避けてリズミカルに展開していること。以上三点をのぞけば、ほぼ忠実に原詩の内容をふまえていると言えるだろう。では、これに続く行はどうか。

Speak or act with an impure mind
And trouble will follow you
As the wheel follows the ox that draws the cart.

世界はみんなのこころで決まる
世界はみんなのこころで変わる

一読して明らかなように、ここで谷川作品は原詩からかなり離れている。原詩では牛車のイメージを用いて教訓が語られているのだが、谷川作品では第一連をまとめるかたちで「こころ」という主題を浮き彫りにしている。ただし、原詩の意図を要約しているとは言えるだろう。しかし、この後、原詩が様々な教訓を語っていくのに対して、谷川作品では一挙に自由なイメージへと飛躍する。

あかんぼうのこころは白紙
大きくなると色にそまる
私のこころはどんな色?
きれいな色にこころをそめたい

きれいな色ならきっと幸せ
すきとおっていればもっと幸せ

詩集『真っ白でいるよりも』（集英社、一九九五）の表題作を思わせる「こころの色」という主題をくっきり印象付けることで、短いながら静謐な抒情詩が立ち上がっている。ちなみに、原詩の方は全七十五行からなる教訓詩で、全十二行から成る谷川作品とはまったく様相が異なる。
要するに、谷川作品は、『ダンマパダ』中の何行かを翻訳しあるいは要約した上で、次連で自由に展開し、最後に独自の見解を示している、と言えそうだ。「あとがき」に言う「自由に」とは、こうした展開を指しているのだろう。
もう一つ、わかりやすい例を示してみる。

However many holy words you read,
However many you speak,
What good will they do you
If you do not act upon them?

読むだけでは美しいことばもただの文字
しゃべるだけではりっぱなことばもただの音

ことばのとおりに行うとき
ことばのとおりに生きるとき

あなたはほんとのあなたになれる
私はほんとの私になれる

（「ことばのとおりに」前半）

やはり原詩の内容をふまえつつ「あなた」と「私」の対句でリズムを整えながら、次連で自由に詩想を展開する。

波紋のようにこころにひろがる
かみなりのようにこころをゆるがす
こころから生まれてこころにとどく
ことばの力はこころの力

多すぎることばはさわがしい
こころの底の静けさがことばのふるさと

（同、後半）

具体的なイメージを展開した後で独自の見解を示して終わる、というのが先程と同じパターンだ。
最後の二行は、初期作品以来一貫してきた〈ことば〉と〈静けさ〉の確執をみごとに要約したパラフレーズと言えるだろう。
詩集『すこやかに…』の全十二篇はいずれも、いま示したのと同様のパターンで構成されている。バイロム訳『ダンマパダ』中から「共感するところ」（「あとがき」）の翻訳（あるいは翻案）を第一、二連で示し、続く第三連で自由なイメージを展開し、第四連で自らの見解を提出する、という様式である。この様式は、例えば連句や連詩に似てはいないだろうか。『ダンマパダ』の言葉を発句として、谷川俊太郎が脇を付けた、というように見られなくもない。ということは、この詩集は詩句による対話であり、一種のコラボレーションということになる。そう言えば、谷川俊太郎が連詩（あるいは連句）の名手だったことが思い起こされる。これと同様に、対話によって引き出された印象的な結句を本詩集から抜き出してみよう。

幸せと喜びは歌っている
海のようにいつまでも
（「影と海」）

おだやかにあれ　こころよ
のびやかに　しなやかに　はれやかに
（「おだやかに」）

あなたのいのちはつながっている
他のすべてのいのちと
（「いのちの輪」）

いずれも当然なことを歌っているにすぎない、あるいは、〈谷川作品に馴染みの言説の再現、と言えば言えなくもないが、このように直截な表現で〈本当のこと〉を繰り返し表明する勇気こそがこの詩人の特長の一つではなかったか。

ここで、「ほんたうにほんたうのこと」を求めて銀河の果てまで旅したジョバンニを思い浮かべるのはいささか唐突だろうか。谷川俊太郎の詩的出発の一つが宮沢賢治体験だったことは想像以上に重要な事実だが、ここで詳述の余裕はない。特に、『二十億光年の孤独』(創元社、一九五二)と『十八歳』(東京書籍、一九九三、ただし執筆は一九四九‐五〇)に賢治が及ぼした影響については、いずれ稿を改めたいと考えている。『ダンマパダ』と賢治の法華経とのかかわりも気になるところだ。

さて、『ダンマパダ』(の英訳)を読んで「共感したところを自由に日本語にしてみた」という「あとがき」の内実は、これでだいたい了解できたと思う。要するにこの詩集は、ブッダの言葉を出発点にしつつ独自のイメージを展開することで、いま現在の詩想＝思想を簡潔に表明した作品、言い換えれば、ブッダとの連詩、ということだ。だが、このような広義での思想表明とも言えるメッセージが、谷川詩学の中でどのように位置づけられるべきか、ということになると、いささか問題がないわけではない。というのも、詩は「一輪の野花のように」(『夜のミッキー・マウス』「あとがき」)そこに存在するだけのものとしたい、という谷川詩学の持論に、こうした直截なメッセージ性は明らかに矛盾するからだ。本人が繰り返し述べているように、谷川俊太郎にとって詩の要目はメッセージではない。しかし、だからと言って伝えたいメッセージが皆無と言うわけでもない。そこで浮かぶのは、一連の〈こどもの詩〉の存在だ。

III部一章「〈こども〉の詩学」で論じた内容を要約すると、谷川俊太郎はある時期から——敢えて特定して言うなら一九八二年刊の『みみをすます』以後——、思想や哲学や人生観、人間観にかかわるメッセージを、いわゆる〈現代詩〉よりむしろ〈こどもの詩〉に込めるようになった。ここで〈こどもの詩〉と呼ぶのは、子どものためにのみ書かれた詩のことではなく、大人の中になお潜在する普遍的な〈こども〉に向けて書かれた詩のことである。その延長線上に、詩集『すこやかに…』を位置づけたい、というのがどうやら私の意図であるらしい。

3

あるらしい、などと持って回った物言いをしたのには理由がある。もう一つ、この詩集で見落とせない重大な特徴として、全篇四・二・四・二行構成という〈定型〉を用いていることが、気になって仕方ないからだ。谷川作品における〈定型〉についてこれまで書かれた批評がどれくらいあるのかわからないが（それほど多くないような気がする）、これは一度徹底的に考えてみる価値のある問題だ。

谷川俊太郎の〈定型〉詩と言えば、だれもがまず、第二詩集『六十二のソネット』（創元社、一九五三）を思い浮かべるだろう。四・四・三・三行から成る十四行詩。言うまでもなく、西洋の韻文詩から行構成のみを借用して、おもに立原道造以後、日本現代詩に定着した詩型のことである。『六十二のソネット』について谷川自身が「言葉が、一種自動的に自分から湧き出て」くるのを制御するために用いた詩型、という主旨の発言をしている（『谷川俊太郎《詩の半世紀》を読む』澪標、二〇〇五）ように、過剰な創造力を抑制して〈詩〉という器に〈詩想〉を盛るための方法を初めて意識した詩集である。I部一章で述べた〈方法的詩人〉としての本領を最初に発揮した詩集、と呼んでもいい。〈本能的詩人〉の過剰を抑制する〈方法的詩人〉が誕生したわけである。それ以後の詩集で、全体または重要な一部が〈定型〉で書かれた作品と言えば、『21』（思潮社、一九六二、「ゆるやかな視線」七篇が各連二行全十四行）、『旅』（求龍堂、一九六八、全篇十四行）、『よしなしうた』（青土社、一九八五、全篇が各頁七行全十四行）、『minimal』（思潮社、二〇〇二、各連三行）といったところが直ちに思い浮かぶ（このうち『minimal』の三行詩群と『夜のミッキー・マウス』収録の五行詩群についてはII部一章「谷川俊太郎の二十一世紀詩」で論じた）。これ以外にも、各連三行や四行あるいは五行で統一した作品は各詩集に数多く散在していて、近作では『シャガールと木の葉』（集英社、二〇〇五）にもソネット三篇が含まれている。これらの作品群、特に十四行詩と、『すこやかに…』の十二行詩を比較してみたい、というのがここからの論点である。

とはいえ、これら膨大な作品を逐一検討することは到底できない。そこで、まず近作『シャガールと木の葉』所収のソネットを検討し、次に『六十二のソネット』と『旅』を概観することで、半世紀以上にわたって一貫して用いられてきた――さらに今後の二十一世紀詩においても継続すると予想される――谷川詩学における〈定型という装置〉を点検しておきたいと思う。

『シャガールと木の葉』に収録された三篇のソネットのうち、「飛ぶ」が四・四・三・三行の十四行詩で、『六十二のソネット』と同様の行構成。これに対して「Larghetto」は四・三・四・三行、「星の勲章」は三・三・四・四行と、ともに『旅』でしばしば用いられた変則的なソネットである。まず形の上で、二冊のソネット集が近作にまで及ぼしている影響を確認しておこう。最初に「飛ぶ」を全文引用する。

あのひとが空を飛んだ

とうとうほんとに飛んでしまった
ほんとに飛べるなんて思ってなかった
夢見てるだけだと思っていた

あのひとは野原をゆっくりと走りだし
綿埃みたいにふわりと浮き上がり
やがて高く高く青空に溶けこんでいった
地上に残した私のことはけろりと忘れて

いつあなたは捨てたの
何十年もためこんでいたあなたの人生を
あの哀しみ　あの歓び　あの途方もない重みを?

私は今日も空を見上げる
花のように私は咲く
はだしの足をやさしい春の大地に埋めて

前半の〈軽さ〉に対する後半の〈重さ〉が印象的な作品だが、それ以外にも、「あのひと」と「私」、空と大地、叙景と抒情、といった対比が鮮やかな作風である。このような対照法は、すでに

『六十二のソネット』で用いられていた。一例だけ挙げてみよう。通し番号二十一の「歌」。

私が目を挙げた時
もはやその雲の姿はなかった
それらのうつろいやすい姿の中よりもむしろ外に
私に親しい心があった

昔からの祈りが
それらの姿を刻々に呪い続ける
天に何ものも無くそして地に心のある時
雲はそれらの間で常に何ものかになりたがっている

だが何になれるというのだろう?
軽やかにむしろ心に憧れているかのように軽やかに
雲は自らの姿を滅そうとし続ける

地にはすべてがあまりに多く
天にはあまりに少いため
私が歌いたくなるらしい

前半二連で描写される「雲」への親しみが後半で打ち消され、天と地の狭間から「歌」が生まれてくる。垂直軸上の対比が鮮やかな作品だ。だが、このソネットでは、対照法が全体のイメージを支えているとはいえ、前半と後半の対位には未だ到っていない。混沌の中から生まれてくる詩想の迸りを十四行という器がかろうじて受け止めている、またその切実さゆえに強い起爆力を秘めている、といった印象をもつ読者は多いのではないだろうか。これに対して、「飛ぶ」は、いっそう洗練された形でイメージの飛躍と多義性を詩句に定着した、より成熟した作品、と言えそうだ。もちろん私は、ここで作品の優劣を比較しているのではなく、初期作品と近作との相違を語っているにすぎない。

『シャガールと木の葉』収録の「Larghetto」では、全体の構成をいっそう精密にするかのように、前半と後半が各四・三行で書かれている。

私は白樺に教えられている
青空に諭《さと》されている
蛇苺に嘲られ
そよ風に嬲《なぶ》られている

何が欲しいのだろう私は
満ち溢れている詩に
言葉を与えることが出来ずに

真昼の静寂に小耳にはさむのは
太古からの虻の睦言
夕暮れの大気に嗅ぎつけるのは
草いきれに残る永遠の匂い

こころは疑いで一杯なのに
からだは歌わずにいられない
夜の道は死の向こうまで続いている

二十一番のソネットと同じように「歌」の生成を歌っているが、ここでもやはり同質性が直ちに相違性を想起させることだろう。どちらも詩の遍在と歌の生成をテーマにしているのだが、旧作が詩への溢れる思いを主調音としていたのに対し、近作では、むしろ詩への疑いを前提にしつつ、それでも全身の感覚が詩に反応してしまう様子を冷静に描写している、といった趣だ。かつて天と地の狭間で「歌いたくなる」こころを発見した詩人が、半世紀を経て「歌わずにいられない」からだに目覚めたのである。

ここで、「歌」をめぐる沈着冷静な自己観察を支えている要因が、前半と後半に明確に分かたれた四・三・四・三行構成を中心とする詩的リズムであることに注目しよう。第一連の各行末で断定の「いる」を三度繰り返した後に、第二連各行末では倒置法によって不安定な「に」を繰り返すことで前半の余韻とし、これに、第三連でそれぞれ二度あらわれる「のは」と体言止め、それに第四連の「ない」と「いる」が、明確な文法構造とともに音声面でも緻密な対位構造を成している。この音韻構成を支えているのが、四・三・四・三行という変形ソネット様式である。こうした対位構造によって、冒頭の自然描写と末尾の超自然描写は無理なく連環し、最終行「夜の道は死の向こうまで続いている」に、必ずしも幻想的ではない印象を与えている。
これと同様の連構成は、すでに詩集『旅』の中で二十七篇中四篇に用いられていた。ここでは「旅2」を引用する。

乞食《ジプシー》が
車の窓をたたいて喚いた
通ぜぬ言葉とてなかった
オスティア

泥に埋まる泥の壁
涸れた井戸
松毬《まつかさ》

其所《そこ》は此処《ここ》
余所《あそこ》ではない此処

乞食の此処私の此処
私は此処

逃れるすべはない
青空にすら
人の手はとうに触れている

第一連で四度繰り返される行末の「あ」段の音と、第三連で四度繰り返される行末の「こ」音が鋭い対照を成し、第二連の体言止めと、第四連「ない」「いる」の断定表現がやはり対照を成すことで、前半と後半が明確に対立している。この音韻構造が、作品の主題である他者との隔絶感、あるいは孤絶感を土台で支えている、と言えるだろう。それにまた、どこを旅しても「逃れるすべはない」閉塞感というもう一つの主題もまた、この厳密な音韻構造に支えられている、と言えるのではないだろうか。あたかも前半と後半が対話しているかのような対位法の詩学である。

4

『六十二のソネット』から『旅』を経て進化してきた谷川俊太郎の十四行詩は、単にソネット形式というだけでなく、さまざまなバリエーションを生むことで、多様な内容に対応してきた。もともとソネットは四行詩節と三行詩節の組み合わせで成っているのだから、組み合わせ方次第で多様な詩型に変化する可能性をもっている。『よしなしうた』の七行二頁、つまり四プラス三の繰り返し、『ふじさんとおひさま』の四行二連、さらには三つ以上の四行詩節のみから成る作品群（これは数え切れない）や、『minimal』の三行詩節作品なども入れるなら、谷川俊太郎は一九五二年以来、一貫してソネットという〈装置〉を点検し改良しながら詩を書き続けてきたことがわかる。

以上見てきたソネット（および変形ソネット）の系列に、新詩集『すこやかに おだやかに しなやかに』を加えたい、と私は考えている。この詩集全体に用いられている四・二・四・二行構成を、「Larghette」や「旅2」などで用いられた四・三・四・三行構成のさらに進化した詩型として、あるいは今後の谷川作品に頻出するかもしれない新様式として、位置付けたいのだ。『すこやかに…』の中で、作者のいま現在の思考を最も直截に表現していると思われる作品「たったいま」を全文引用する。

たったいま死ぬかもしれない
こころの底からそう思えれば
あらそいもいさかいもしたくなくなる
だれもがたったいま死ぬかもしれない

死ぬことはこわくなくなる
安らかに生きていければ

こころはいつもふらふらしている

こころはいつもふるえている
こころはいつもさまよっている
こころは晴れたり曇ったり

そんなこころの深みには
ひとすじの清らかな流れがあるはず

やはり『ダンマパダ』の一節 "You too shall pass away./ Knowing this, how can you quarrel?" を出発点にしながら、第二連の二行で素早くその教訓を要約し、後半では読者に向けられたメッセージが示されている。ブッダの教えを〈発句〉としつつ自ら〈脇〉を付けることで（あるいは対話によって）、ユニバーサルな真理をパーソナルな真情へと転化しているようには見えないだろうか。この姿勢は谷川作品の柱の一つである〈こどもの詩〉の作法に通じるものだ（ちなみに本詩集は漢字総ルビである）。「あたり前なことは何度でも言っていい」（「ぼくは言う」『どきん』）と宣言し「いつしんだってかまわないんだ」（「きもちのふかみに」『みんな　やわらかい』）と囁きながら「きもちのふかみにおりていこうよ」（同）と呼びかけてきた谷川俊太郎が、〈定型という装置〉を新たにヴァージョンアップすることで〈対話〉の詩と〈こども〉の詩を合体しようとしている……そんな気配を新詩集から感じ取るのは私だけだろうか。

「新潮」二〇〇六年一月号に発表され、のち詩集『私』（思潮社、二〇〇七）に収録された連作「私」では、全八篇のうち五行〈定型〉詩が四篇、四行〈定型〉詩が二篇を占めている。さらに、「半透明のポートレート」(「別冊・詩の発見」三号、二〇〇六)は六行五連による〈定型〉詩だ。いずれもいわゆる〈現代詩〉の先端を行く作品だが、〈定型という装置〉を活用した谷川作品は、〈現代詩〉と〈こどもの詩〉の区別なく、今後、より自在に展開していくことが予想される。なぜなら、この詩人にとって〈詩〉とは常に〈詩想〉の器であり〈からだ〉に他ならないからだ。「こころのいれもの」(「からだはいれもの」『すこやかに…』)である谷川作品の〈定型〉がいよいよ注目されるのである。

四章　詩と歌を考える　『歌の本』

1

谷川俊太郎の新刊書『歌の本』（講談社、二〇〇六）は「始めから歌のために書いた詩を自選して集めた」（「あとがき」）六十六篇から成る〈詩集〉である。もちろん歌詞集でもあるのだが、本人が「詩を自選」と言うからには（そうでなくても）〈詩集〉であることに疑いはない。

これまでに、谷川俊太郎による歌詞は『日本語のおけいこ』（理論社、一九六五）と『誰もしらない』（国土社、一九七六）の二冊が出ているほか、その時々の詩集にも何篇かずつ収められてきた。二〇〇〇年までの作品についてはCD－ROM版『全詩集』（岩波書店）もあるので、この『歌の本』の刊行によって、谷川俊太郎の（散文をのぞく）ほぼ全作品が刊行されたことになる。ただし、初期の代表作「鉄腕アトム」が（いまさらと言えなくもないが）未だに（CD－ROMも含めて）単行本詩集未収録であることと、全部で百四十ほど（！）になるという校歌が、最近出た『谷川俊太郎校歌詞集ひとりひとりすっくと立って』（山田兼士編、澪標、二〇〇八）収録の四十四篇等をのぞいて未刊のままであることは断っておかなければならない。本論に入る前に、まず、これら数多い校歌の一部に注目しておきたい。

2

二〇〇六年に出た詩集『すき』には「3」の章に五篇の校歌が収録されているが、中でも特に、(東京都)立川市立幸小学校校歌は興味深い。その歌「わたしがたねをまかなければ」の一番を紹介しよう。

わたしがたねをまかなければ
　はなは　ひらかない
ぼくがあしを　ふみだすとき
　みちは　かぎりない
じぶんで　かんがえ
じぶんで　はじめる
　幸《さいわい》小のわたしたち

一見あたり前の事実をそのまま真実として表現する〈こどもの詩学〉の延長線上にある作品と言っていい。残念ながら林光がどのような曲を付けているのか私は知らないのだが、詩としてのみ読んでも十分に価値があると思う。種と花が子どもの生活や人生全般において何らかの象徴として扱われていることはすぐに想像できる(ということは、子どもにも感知できる)。続く二番では「わたしがあす

を　あきらめたら／　あさは　もうこない」と、一瞬ひやりとする詞が歌われているが、これもまた、現在子どもを取り巻く様々な困難をふまえた上での〈詩〉であることは明らかだ。いずれも子どもの自己認識を鋭くも優しい語り口で描き出した詩句である。親しみやすく口にしやすい〈歌〉であると同時に、真実の深みを鋭く突いた〈詩〉でもある。〈歌〉と〈詩〉が限りなく接近した秀作と呼んでもいいだろう。

いささか我田引水的になるが、私が勤務している大阪芸術大学の校歌もまた〈詩〉として水準の高い作品である。

昨日は　もう過ぎ去って
明日は　まだ来ない
今は　いつだ
ここは　どこだ
みつめても　みつめても
青空は　解ききれぬ謎
けれど　小鳥は　はばたいて
幻の土地をめざす
人は　愛し
人は　憎む
歴史の証す怒りの日々にも

目を　みはり
耳を　すまし
この手で創る　かたちあるもの
あふれやまぬ魂の
今日の自由よ

いわゆる校歌らしい美辞麗句とはまったく無関係に、「かたちあるもの」を「この手で創」ろうとする若者の真情を等身大で歌った作品だ。「昨日」と「明日」の狭間という時間も、「解きされぬ謎」である「青空」という空間も、ともに青春のメタファーにほかならない。その青春のただ中をはばたく「小鳥」は「幻の土地をめざす」。みごとに若者の目線で青春を歌っている。それも声高にではなく、静かで穏やかな抒情を湛えて。この静穏さは、後半で、「歴史の証す怒りの日々にも」目をそむけることなく耳をふさぐことなく創造に立ち向かう、というストイックな意志を促してもいる。最後の一行だけはやや（声高に）歌い上げているが、それもそこまでの文脈があってのこと。決して扇動的な叫びではない。以前述べた小野十三郎流の「歌と逆に歌に」の典型と見ていい。一九七一年に作曲家の諸井誠と作ったこの校歌は、当時としては革新的な作品であったことを、作者自身から私は聞いている。

先に挙げた幸小学校の校歌でも言えることだが、谷川俊太郎の作る校歌の特徴は、その学校の当事者自身（児童や生徒や学生）が主体的に歌える作品になっている点にある。これは当然と言えば当然なのだが、実際には稀有な例であることを、我々は経験から知っている。教師や親が歌わせたいように作られた校歌がいかに多いかということを。百四十ほどある谷川俊太郎作詞の校歌（とは言えないがそれに準ずるもの）の中からもう一つ、「楽寿の園のうた」を挙げてみよう。なんと老人ホームの「園歌」である。

いきとしいける　ものはみな
ひとついのちを　いとおしむ
ひとのなさけは　ふかくとも
おのれはついに　ひとりなり

（『谷川俊太郎校歌詞集　ひとりひとりすっくと立って』前掲書より）

打って変わって文語七五調で書かれているのは、やはり歌う主体（老人）を意識しての選択だろう。ここにはホームの老人に憑依した谷川俊太郎がいる。「おのれはついに　ひとりなり」などと、美辞麗句から遠く離れたストイシズムもまた、歌う主体にとって重要な真実を静かに歌っていると見るべきだ。この後にくる「いのちのながれ　ゆるやかに／むへんのときに　みつるべし」という詩句もまた、老人にとって最も深刻な〈死〉をいささかも美化することなく峻厳な真実として歌い表している。この過激なまでの率直さもまた、谷川作品の特徴と言えるだろう。

小学校、大学、老人ホームと、それぞれ年齢も環境も異なった「校歌」を駆け足で見てきたが、そのいずれにおいても、谷川俊太郎の歌詞は、当事者自身の目線で、率直かつ峻厳に、真実を歌っている、と言えるだろう。歌い上げるのではなく、また歌い流すのでもなく、言葉の一つ一つを噛みしめるように（そもそも歌とは言葉を噛みしめる行為であるはずだ）、音にのせていくこと。この行為は限りなく〈詩〉に近い——あるいは〈詩〉そのものの——創造行為《ポエーシス》と言えるのではないだろうか。

3

『歌の本』に校歌は入っていない。また、先に出ていた『日本語のおけいこ』や『誰もしらない』とは違って、子どものための歌ではなく、多くは「ラジオ歌謡（中略）やフォーク、ポップスのため」（「あとがき」）に書いた作品群である。だが、様々な年齢の様々な環境下にある主体（物語で言うところの主人公）に憑依した詩人が変幻自在に歌っている点は、先に挙げた三つの「校歌」や「こどものうた」にも通じるところがある。詩人はここで、初恋にふるえる少年だったり、愛する人を亡くした少女であったり、親に叱られた子どもであったり、また、時には特定の人物（例えば坂本九や長谷川きよしや小沢昭一）であったりする。もちろん詩人自身であることも。ここではまず、現代女性（たぶん二十歳前後）に憑依して作った歌を見てみよう。

とかとかとかとか
とかしか言えないの
私とかじゃないこの私
シャワーのしずくが肌にはじける
朝とかかったるい
野菜ジュースの気休めがきらい
かけがえのない一日はどこ

（「とか」）

いかにも今風の話し言葉でさりげない日常を描きながら、かけがえのない「この私」を求める女性——というより女の子、と呼ぶ方がふさわしい——の心理が巧妙に織り込まれてはいないだろうか。「かけがえのない一日はどこ」という問いは軽い調子ながら切実な生活実感を示しているし、続く二番では「あいつとかじゃないあのあいつ」が歌われ「愛とかかったるい／優しいふりのキスはいらない／かけがえのない気持ちがほしい」と、いっそうストレートに女の子の心理が歌われている。さらに三番では「かけがえのないあなたが見たい」と歌われ、最後は「かけがえのない自分になりたい」「たったひとりの誰かに会いたい」と、確実な自己と確実な他者への希求を強く訴えている。ただし、歌はこれで終わるのではなく、さらに末尾に「とかとかとかとか……」とフェイドアウトしていく。「とか」に代表される曖昧さを振り払おうとしながらついに払拭し切れない現代女性の苛立ちを、軽いタッチで精妙に描いた佳作である。この〈詩〉には谷川賢作の曲が付いていて、作曲者自身が率いる音楽ユニットDiVaによるCDも出ている（アルバム『そらをとぶ』）。高瀬麻里子の軽妙な歌いぶりが印象的だ。

これとは対照的に、年老いた女性を主体にした歌もある。

公園の陽だまりに
おばあさんひとりぽつねん
やがて極楽でも今地獄
膝は痛むし目はかすむ

富士山だって崩れてく
もういいかい
まあだだよ

（「ぽつねん」冒頭部分）

七行のうち三行に慣用表現を用いることで市井の老婆の平凡さを示しながら「富士山だって崩れてく」と新奇なイメージをさりげなく歌っているところが特徴だ。この後、二番三番と続くのだが、「おばあさんひとりぽつねん」が効果的なリフレインになって、〈詩〉と〈歌〉の接近を実現しているといった趣だ。子どもの隠れんぼを思わせる「もういいかい／まあだだよ」をあの世からのお迎えの意味に変換しているところにも〈詩〉の力学が働いている、と言えるだろう。何よりも、老婆の感情に完全に同化しているところに、この詩人の憑依能力を見ることができる。多少の飛躍を承知で付け加えるなら、ボードレールの散文詩「老婆の絶望」（『パリの憂愁』収録、赤ん坊を喜ばせようとしてかえって怖がらせてしまった老婆の「絶望」を老婆自身の目線で描いた作品）を思わせる作品でもある。小室等が歌うCD（アルバム『武満徹ソングブック』）では、武満徹のひっそりした短調のメロディが詩とよく溶け合っていて、詩人と作曲家の共鳴ぶりをよく示している。小室等のライナーノートによれば「まあだだよ」のところに「ブルー・ノート」が用いられてジャジーな曲になっているとのことだ。

この二篇は「とか」が一九九六年、「ぽつねん」が一九九五年の作。後者は武満徹最晩年の作品である。一方は若い女の子に、他方は老婆になり切った、二作品が時期を接して書かれていることは驚きだ。ここにも谷川俊太郎の憑依能力の自在さを見るべきだろう。

4

今挙げた小室等のアルバムに収められている最も古い作品は「うたうだけ」で、ライナーノートには一九五二年の作とある。『歌の本』では十九番目に収められていて、制作時期に疑問が生じる作品だ。なぜなら、詩集「あとがき」で谷川は「配列はおおざっぱに書いた年代順になっています」と書いているからである。「うたうだけ」の前後には「三月のうた」と「見えないこども」があって、前者は堀川弘通監督映画『最後の審判』（一九六五）、後者は羽仁進監督映画『彼女と彼』（一九六三）のそれぞれ挿入歌として作られている。「おおざっぱに」という以上、多少配列に前後はあるにしても、「うたうだけ」が一九五二年というのはいくらなんでも早すぎる。取り敢えずネットで調べたところ、一九五八年というのがどうやら妥当なところだとわかったが、それにしてもかなり初期の作品ということになる。なぜ制作年代にこだわるかと言えば、やはり詩集「あとがき」に次のように書かれているからだ。

自分で読み返してみて気づいたのですが、作曲されることを意識せずに書いたものとこういう歌詞とを比べると、初期のものには大きなひらきがあります。詩のほうはいま読んでもそう気恥ずかしくないのですが、歌詞のほうはそれを歌として聞かずに文字で読むと気恥ずかしいものが多い。私としては詩と同じように歌詞も真剣に書いたつもりですから、これはどうやら私自身の人間的成長と同時に、時代の変化とも関係があるのではないかと思います。

たしかに、ごく初期の作品、例えば「ただそれだけの唄」や「フルート吹きの子守唄」などを「文字で読むと気恥ずかしい」という気持ちは理解できなくもない。一言でいえばいかにも「歌的」なのだ。概ね四行から六行で成るワンコーラスにリフレインが付いた構成で、各行の音数も（完全な定型とは言わないまでも）かなり定型に近いリズム構成になっている。理由は簡単だろう。そうでなければ〈歌〉にできなかったのだ。一九五〇、六〇年代の日本では音楽が言葉を求めるとしたらこういう歌詞しかなかった。

ここで日本の現代音楽史を振り返る余裕はないが、ポップスについてのみごく手短に言えば、一九六〇年代半ばのフォークソングの登場、とりわけ吉田拓郎の登場は大きかった、と、これはかつて菅谷規矩雄の『詩的リズム』（大和書房、一九七五）から教えられたこと。あの字余り早口唱法で日本語歌唱の拍音構造を根底から変革したということだ。付け加えるなら、一九七〇年代後半の桑田佳祐の登場が日本語で歌うロックを確立した、と私は（ひそかに）考えている（まるで英語のような発音で日本語を歌う作曲と唱法）。谷川俊太郎自身、フォークの人たちが自分の詩に単純なコード進行の曲をつけて歌い出した頃のことを「嬉しかった」と繰り返し語っている（例えば『谷川俊太郎《詩》を語る』収録の「詩と歌と音楽と」）。要するに、この頃から〈歌〉が〈詩〉に接近してきたわけだ。同時に、〈詩〉から〈歌〉への接近を谷川が企てたとしても決して不思議ではない。

さて、以上のようなコンテキストから見て、谷川俊太郎の〈歌〉が現在のような変幻自在さを見せ始めるのは一九六〇年代半ば頃からと私は見ているのだが、「うたうだけ」はその先駆的作品と見ていいように思う。おそらく一九五八年に、早くも〈詩〉と〈歌〉の（現代的）融合が実現した理由について少し考えてみたい。

むずかしいことばは
いらないの
かなしいときには
うたうだけ
うたうと　うたうと　うたうと
かなしみはふくれる
ふうせんのように
それがわたしのよろこび

「うたうと」を三度繰り返すことで「かなしみはふくれる／ふうせんのように／それがわたしのよろこび」というマジックが出現する。「かなしみ」から「よろこび」への変化をいともたやすく実現する「うた」の魔力とはいったい何か。これに続く二番では、第一行が「なぐさめのことばは」となっているが、あと七行は一番をそのまま繰り返している。同じフレーズをまるごと繰り返すことで〈歌〉の一過性を〈詩〉の普遍性へと転換する方法とも考えられるが、何よりも、歌詞と楽曲がぴったり合っているために、冗長な印象はまったく与えない。

どこにも難しいところのない平易な〈歌詞〉だが、「文字で読」んでも「気恥ずかしい」どころか立派に〈詩〉になっている作品だ。『みみをすます』（一九八二）以後方法的に書かれるようになった総ひらがな表記作品の先駆けであり、平易な和語のみを用いながら深遠な真実を垣間見せる谷川詩学の一例でもある。〈歌〉について歌った〈歌〉であることは、近年の一連の〈詩論詩〉の先駆けとも見られる。要するにどこから見ても〈現在的〉な作品なのだ。

一九五八年という時期にこのように斬新な〈歌〉が作られた理由は、詩人と音楽家の深い相互理解に尽きるだろう。ともに二十歳代の二人の芸術家がどのようにこの〈歌〉を作ったのかを想像することは楽しい。詩が先なのか曲が先なのか。あるいは同時作業？　例えば「うたうと」の繰り返しはどの段階で決まったのか。この作品にもブルー・ノートが使われているが、この頃ジャズに熱中していた二人の間でジャズはどのように話題になったのか。

谷川俊太郎が作詞した作品の中で武満徹が作曲した歌は独特の魅力を持っていて、その斬新さが際立っている。今挙げた以外にも「恋のかくれんぼ」（一九六一）「死んだ男の残したものは」（一九六五）「昨日のしみ」（一九九五）など、いずれも詩と曲の相乗作用によって深い感銘を与える秀作である。

5

『歌の本』の末尾に付いている「作曲者リスト」を見ると、「未作曲」とされている作品が三篇ある。「別冊・詩の発見」五号（二〇〇七）収録の「特別講義・読む詩、聴く詩」で谷川俊太郎自身がその経緯を語っているのでここでは繰り返さないが、どうしても紹介しておきたいのが「長谷川きよしに」献辞が付いた「ぼくのめざめるすべての夜は美しい」である。大変魅力的な作品だが、なぜかこれまで作曲されていない。全文を引用する。

ぼくのめざめるすべての夜は美しい
ぼくは見る　輝く闇にのぼる四角い太陽
明日へと羽ばたく翼あるライオン
降りつもる悲しみの虹色の雪
ぼくの夢みるすべての闇は美しい

ぼくのめざめるすべての夜は美しい
ぼくはさわる　ふるえる指に歌うギターの筋肉
歩み去る人々のさびしさの肩
ぼくの夢みるすべての闇は美しい

ぼくのめざめるすべての夜は美しい
ぼくは聞く　愛する人の近づくかすかな足音
明日へとささやくそよ風のアダージオ
こみあげる魂のもえあがる声
ぼくの夢みるすべての闇は美しい

視覚を歌った一番、触覚の二番、聴覚の三番と、諸感覚をテーマに鮮やかに「夜」と「闇」を描いた作品だ。長谷川きよしは盲目のシンガーソングライター。やはり視覚をテーマにした一番が酷だったのか、あるいは別の理由によるものなのか、現在まで曲は付けられていない。想像で言うしかないのだが、目の不自由な人の世界にまで自在に進入する谷川俊太郎の憑依能力が作曲者を躊躇させずにおかないのかもしれない。各行の音数は整えられており、各連の第一行と最終行が繰り返しになっていて、〈歌〉になる要素は十分そろっていると思うのだが。そうはいっても、詩だけで自立していることもたしかだ。気になるのは、二番だけが四行になっていること。ちょうどページの境目に第二行と第三行が印刷されているので、おそらく印刷の際に一行分が脱落したのだろう。例えば「明日へと波うつ黒髪のトレモロ」とか（その後、本人に確認したところ脱落であることが判明したが、そのフレーズ自体は未だに不明。なお、その後、大阪芸術大学での筆者の教え子がこの詞に作曲して、特別講義の際に作詞者自身の前で披露した時には、筆者が作った右のフレーズを仮に入れて演奏した）。

ところで、一九九六年に武満徹が死去した後、歌に限らず、谷川作品の端々に武満の気配が漂うようになったと感じるのは私だけだろうか。最近文庫化されたエッセイ集『風穴をあける』（角川文庫、二〇〇六／単行本は草思社、二〇〇二年）には武満について書かれた文章が七篇収められているし、最近の二詩集『夜のミッキー・マウス』（新潮社、二〇〇三）、『シャガールと木の葉』（集英社、二〇〇五）にも武満徹のイメージで書かれた詩が何篇かあるように思われる。

『歌の本』末尾近くに収められた「世界の約束」（木村弓作曲、二〇〇四）を、例えば武満徹夫人浅香さんに憑依した詩人が死者と交信している、と読むのはいささか強引だろうか。だが、この〈詩＝歌〉が奏でている瞑想的で親密な雰囲気は、ごく具体的な（私小説的と言ってもいい）モデルなしに書かれたとは思えないのだ。全文を引用する。

涙の奥にゆらぐほほえみは
時の始めからの世界の約束
いまは一人でも二人の昨日から
今日は生まれきらめく
初めて会った日のように

思い出のうちにあなたはいない
そよかぜとなって頬にふれてくる

木漏れ日の午後の別れのあとも
決して終わらない世界の約束
いまは一人でも明日はかぎりない
あなたが教えてくれた
夜にひそむやさしさ

思い出のうちにあなたはいない
せせらぎの歌にこの空の色に
花の香りにいつまでも生きて

この作品についても前掲の「特別講義」で谷川自身が語っている言葉をそのまま用いるなら「失恋の歌だけど失恋して悲しくない歌」という「注文」で「曲先」で書かれた歌、ということだ。だが、たとえそうであったとしても、ここには詩人自身の感傷がひとりの女性を通して切々と（だが節度をもって）歌われている、そう言うしかないリリシズムを湛えている。詩が音楽に寄り添いながら詩そのものの自律と呼ぶしかないストイシズムを朗らかに歌っている。〈歌〉の呪縛を希望へと変換した谷川詩学の真骨頂をこの〈歌＝詩〉に発見した、と思うのは私だけだろうか。

五章　〈絵本〉の詩学　『由利の歌』から『赤ちゃんから絵本』まで

はじめに

谷川俊太郎の詩集『絵本』（的場書店）は、一九五六年九月に刊行された。『二十億光年の孤独』（創元社、一九五二）『六十二のソネット』（同、一九五三）『愛について』（東京創元社、一九五五）に次ぐ第四詩集だ。全十七篇に谷川自身による写真を付けた「写真詩集」である。ほぼ正方形に近い大型本。では、なぜこの詩集が「絵本」かといえば、絵本サイズの装幀や写真を絵に見立てていることもあるだろうが、何よりもまず、詩そのものが絵のようだからだ。少なくとも、写真がなければ作品として成立しない詩は一つもない。後に刊行された文庫本や全集版に写真が収録されていないことからも、これらの詩の独立性は明らかだ。アンデルセンの『絵のない絵本』のように、絵画的視覚的な作品、ということだろう。「絵本」という表題は詩集全体のコンセプトを示していると思われる。

詩集巻頭の作品を全文引用してみよう。

生きる

生かす
六月の百合の花が私を生かす
死んだ魚が生かす
雨に濡れた仔犬が
その日の夕焼が私を生かす
生かす
忘れられぬ記憶が生かす
死神が私を生かす
生かす
ふとふりむいた一つの顔が私を生かす
愛は盲目の蛇
ねじれた臍の緒
赤錆びた鎖
仔犬の腕

「生かす」という幾分ぎこちない動詞の繰り返しがリズムを生み、百合、魚、仔犬、といったいくつもの具体的表象が「生」という抽象概念を実体化するのに成功している。決して子ども向けとは言えないが（子ども向けであることは絵本の絶対条件ではない）、絵にしてみたくなる作品ではないだろうか。

特に、後半、死神、一つの顔、愛、と、いささか抽象的な名詞が続いた後、盲目の蛇、ねじれた臍の緒、赤錆びた鎖、と具象物を連ね、さらに「仔犬」の再登場で終わる展開は、何枚かの絵にしてみたいとの欲求を誘わないだろうか。

谷川俊太郎の「絵本」の出発点はこの詩集『絵本』にある、と私は考えている。谷川はおそらく、この詩集を上梓する際に、自らの詩を「絵」としてとらえる発想を得た。言い換えれば、「絵本」というコンセプトに目覚めた、ということだ。

その後、谷川俊太郎が、コンセプトとしての「絵本」から実際に絵本の世界に、さらには絵本詩集（あるいは詩画集）に進出していくまでの間には、様々な試行錯誤があった。それらの要点を述べるなら、

（1）翻訳を通して絵と言葉の結びつきを深めていく過程（谷川は、レオ＝レオニ作の『スイミー』や『フレデリック』を皮切りに、現在に至るまで数多くの絵本翻訳を手がけている。併せて、チャールズ・M・シュルツ作の漫画『ピーナッツ』を持続的に翻訳することで、絵と言葉の結びつきを体得していったことも忘れてはならない）。
（2）画家や写真家たちとのコラボレーションによる本格的な絵本制作の実践とその展開。
（3）絵と詩の融合による独創的な詩画集の制作。
（4）最近作における、「絵本」の詩学。

ということになるだろうか。以上四点のうち（1）については前述したので、本章では残る三点につ

いて考察していくことにする。

1 『由利の歌』と『スーパーマンその他大勢』

谷川俊太郎がごく早い時期から、画家や音楽家といった様々な異業種の芸術家たちとコラボレーションを試みてきたことは、広く知られている。また、詩劇、シナリオ、ショートショート、童話といった、詩以外の様々なジャンルでのすぐれた作品を書いてきたことも周知の通りだ。だが、ここではこれらの作品を網羅的に扱うのではなく、谷川詩と深く結びついた「絵本」にのみ焦点を絞ることにする。敢えて名付けるなら「絵本の詩学」を探りたいと考えているのだ。

絵本の制作過程を考える時、まず、絵が先か言葉が先か、という問題がある。どちらが主導権を握るかということである。谷川俊太郎の比較的初期の絵本詩集（あるいは詩画集）の中から例を挙げるなら、『由利の歌』（一九七七）は詩が先、『スーパーマンその他大勢』（一九八三）は絵が先の、それぞれ典型的な作品と言えそうだ。前者は三部構成になっていて、「生きるうた」の部には長新太、「由利の歌」には山口はるみ、「気違い女の唄」には大橋歩が、それぞれ絵を付けている。どちらかと言うと、詩集の挿絵、といった感が強い。その中から「由利の歌」を見てみよう。

「由利の歌」は「一月」から「十二月」まで全十二篇の連作詩。由利と次郎の出会いから別れまでを物語風に描いている。その冒頭作品を引用する。

●一月●

凧は空に流れていた
盲目の女の子は陽だまりで
首をかしげてほゝえんでいた
プールは枯葉で一杯だった

海の底からとれたばかり
人魚のようにしずくをたらす
まだ使ってない一年をかかえて
由利の途方にくれている時

一人の青年が帰ってくる
路地で拾った凍った蝶を
掌の間であたためながら

物語の開始を告げる情景描写詩と言えるのだが、この詩に付せられた絵（図版1）は、作品としての善し悪しは別として、必ずしも詩のイメージ強化に役立っているとは言えないだろう。むしろ、由利のイメージを限定することで読みの可能性を狭くしているように感じられる。そういえば、このファッションはいかにも一九七〇年代で、懐かしい感じが先立ってしまって、現代的な印象からはほど遠い。要するに、詩そのものの挿絵として（音楽でいうBGM的な）それなりのヴィジュアル効果は

図版1

あるものの、イメージのさらなる展開にまでは残念ながら至っていない。

これに対して、先に絵があって後から谷川俊太郎が詩を書いた作品はどうか。『スーパーマンその他大勢』は、「あとがき」にあるように、桑原伸之が「人々の仕事をテーマに」描いた絵の「一点一点に文章をお願いした」結果生まれた絵本詩集（詩画集）である。桑原自身は「文と絵が気持よく融合しいままで静止していた絵が大きなイメージをもって広がりはじめてくれた」（「あとがき」）と書いているが、どうだろう。全二十四点の絵と詩から成るこの本の中から「課長」と題された作品を見てみよう。かかれた順通り、詩を読む前に図版2を見てほしい。

「課長」らしき人が雨の中で傘をさして鉢植（たぶんサボテン）に水をやっている姿を描いていて、なんとも不条理にユーモラスである。異様に小さい手足はこの本全体の特徴の一つだ。大小のデフォルメはこの画家の特徴と言える。

さて、この絵に谷川俊太郎はどんな詩をつけたか。全文を引用する（原文は漢字総ルビだがここではルビを省略）。

課長

課長は恋をしてしまいました
高校生の娘が二人いるというのにね
もちろん奥さんと奥さんのお母さんと

図版2

シャム猫とスピッツもいるというのにね
課長は朝ひげをそりながら溜息をつきます
夜テレビで野球を見ながら涙ぐみます
昼間屋上でぼんやり街を眺めます
なのに誰もそういう課長に気がつきません
恋をしていると知ってるのは恋人だけ
課長の恋人も課長に恋をしているのです

絵があらわしているユーモラスな不条理にはまったく触れずに、詩は、課長の道ならぬ恋というフィクションを描き出すことで、この人物の切ない内面をあらわしている。その（いささか軽い）切なさが、絵に描かれた不条理に活き活きとした具体性を与えているように見えないだろうか。詩人はここで、いわば絵を出発点に独自の物語を創り出している。画家が「大きなイメージをもって広がりはじめてくれた」（同右「あとがき」）と言うのは、例えばこの作品についてよく当てはまるように思われる。「静止していた絵」（同右）が谷川の詩によって動き始めるのである。もちろん、詩は物語ではないので、その先の細部にまでは立ち入らない。この恋の行方をあれこれ想像してそれぞれの物語を作り出すのは読者の役割（楽しみ）である。

もう一つ、同じ絵本詩集（詩画集）から例を挙げてみよう。題は「詩人」（図版3）。
田村隆一にどことなく似ているのは愛嬌だが、月、牧場、ポスト、理髪店と、何やら思わせぶりな小道具が目を引く。この絵に谷川俊太郎はどんな詩をつけているのか。

詩人

詩人は鏡があると必ずのぞきこみます
自分が詩人であるかどうかたしかめるのです
詩人かどうかは詩を読んでも分からないが
顔を見ればひとめで分かるというのが持論です
詩人はいつの日か自分の顔が
切手になることを夢見ているのです
できればうんと安い切手になりたいんですって
そのほうが沢山の人になめてもらえるから
詩人の奥さんは焼そばをつくりながら
仏頂面をしています

図版 3

軽快なタッチながら、それなりに立派な詩人論になってはいないだろうか。「詩人かどうかは詩を読んでも分からない」というのはみごとなアイロニーで現代における詩人像を言い尽くしているし、「顔を見ればひとめでわかる」というのも、逆説的詩人論として、少なくとも読者への鋭い問いかけにはなり得ているだろう。後半では、そんな詩人の意外な願望と「奥さん」のキャラクターが組み合わされて絶妙のユーモアを漂わせている。桑原伸之の絵が漂わせている（比較的）シリアスな表情の詩人を裏切るかのように書かれた谷川の詩は、しかし、その無表情の裏に秘められた人間的欲望を暴き出すことで、いわば絵と詩のコントラストの妙を醸し出している。絵と詩が対話を交わしている、と言ってもいい。ここにもまた、静止した絵に動きを与える詩の作用がはたらいている、と言えるだろう。

2 『クレーの絵本』と『クレーの天使』

以上のように、二冊の絵本詩集（詩画集）の比較から見るかぎり、詩が先にあるものより、絵が先にあって谷川俊太郎が後で詩を書いたものの方が、より立体的力動的な魅力をもっているように思われる。このことは、谷川俊太郎がコラボレーションの名手であること、「受け」の達人であることに起因しているようだ。彼は殆どどんな「ツッコミ」にも当意即妙の答を返してくる。私事で恐縮だが、これまで計十三回にわたって公にした谷川俊太郎との対話（うち七回分は『谷川俊太郎《詩》を語る』『谷川俊太郎《詩》を読む』『谷川俊太郎《詩の半世紀》を読む』いずれも澪標刊、に収録）の中で、私自身何度も体験してきたことだ。「連詩」や「対詩」といったコラボレーション詩も数多く書いている。最近では、上座仏教の経典である『ダンマパダ』の翻訳というかたちを取りながら、実はブッダとの「連詩」と呼ぶべき詩集『すこやかに おだやかに しなやかに』（佼成出版社、二〇〇六）を刊行したばかりだ（この詩集についてはIII部三章参照）。いずれも、他者の作品への鋭い直観と深い読解を前提とした、巧みな対話詩である。

数多くある谷川俊太郎の「絵本」全般について詳しく検討することはここではできないが、『スーパーマンその他大勢』と同様、詩が後で書かれた絵本詩集（詩画集）の代表作として、『クレーの絵本』（一九九五／全十三篇、うち十一篇は一九七五年刊行の『夜中に台所でぼくはきみに話しかけたかった』に収録）と『クレーの天使』（二〇〇〇／全十八篇）を見てみよう。いずれも、谷川が偏愛する画家への敬意と愛情に満ちた、美しい詩画集である。「選ばれた場所」と題された絵（図版4）を見ることにしよう。

奇妙にデフォルメされた建物を中心とする絵だが、谷川は次のような詩を付している。

選ばれた場所

そこへゆこうとして
ことばはつまずき
ことばをおいこそうとして
たましいはあえぎ
けれどそのたましいのさきに
かすかなともしびのようなものがみえる
そこへゆこうとして
ゆめはばくはつし
ゆめをつらぬこうとして
くらやみはかがやき
けれどそのくらやみのさきに

図版4

まだおおきなあなのようなものがみえる

総ひらがな表記が目につくが、これは例によって、和語を大切にしたいという気持と音を重視する谷川詩学のあらわれである。リズミカルな詩行の運びはとても心地よいものだが、内容はかなり深刻だ。「選ばれた場所」とは何か。楽園？　それとも天国？　「ことばはつまずき」ついにたどりつくことのできない場所である。「たましい」だけが「あえぎ」ながらもなんとか到達できるかもしれない場所。「ゆめはばくはつし」た後に「かがやく」くらやみがあって、さらにその「さきに／まだおおきなあなのようなものがみえる」。すばらしいドライブ感の中に、詩想のブラックホールのような極限像が暗示されて詩は終わっている。クレーの絵の中で暗緑色に塗られている背景を詩は「くらやみはかがやき」と表現し、中空に浮かぶ楕円を「あなのようなもの」と表現する。「あな」ではなく「あなのようなもの」である。どうやらその「あなのようなもの」こそが「選ばれた場所」であるらしい。宇宙的孤独の詩人にふさわしい読解と言うしかないだろう。

『クレーの絵本』には「魂の住む絵」と題された短い文章が、通常「あとがき」が書かれる位置に置かれている。その一節を引用しておこう。

（…）クレーは言葉よりもっと奥深くをみつめている。それらは言葉になる以前のイメージ、あるいは言葉によってではなく、イメージによって秩序を与えられた世界である。そのような世界に住むことが出来るのは肉体ではない、精神でもない、魂だ。

言葉以前のイメージを創造するクレーの色彩と線に、詩人は「魂」の住み家を見出した。その住み家とは、「詩」と呼ぶしかないある磁場のことなのだが、言葉をもってはついに到達できないような――「そこ」と呼ぶ以外に名付けようのない――「選ばれた場所」なのである。「たましいのさき」にかろうじて垣間見える「かすかなともしびのようなもの」を、詩人は画家の作品中に透視したのだ。

「詩」は言葉のうちにあるよりももっと明瞭に、ある種の音楽、ある種の絵のうちにひそんでいる。そう私たちに感じさせるものはいったい何か、それは解くことの出来ない謎だ。

（「魂の住む絵」同右）

音楽（例えばモーツァルトの）や絵（例えばクレーの）の中にこそ本当の「詩」は「ひそんでいる」というのは谷川詩学の根幹というべき認識だ。だから「詩」とは言葉をもって言葉を超えようという逆説的な欲求にほかならない。最近の詩集『シャガールと木の葉』の中にも、このテーマは至るところでうたわれている。

詩はかくれんぼしている
出来たての詩集のページで
形容詞や副詞や動詞や句読点にひそんで
言葉じゃないものに見つかるのを待っている

（「詩は」部分）

「言葉じゃないもの」――例えば音楽や色彩や線――に「見つかるのを待っている」詩を、谷川俊太郎は、音楽や絵画とのコラボレーションによって直接摑み取ろうとしている。この欲求は、他方ではまた、しばしば「沈黙」のテーマに結びつくことで、より寡黙な「詩」を生み出してもいる。二〇〇二年に刊行された『minimal』などはまさしく詩集全体が「沈黙」を目指す作品だったと言えるが、本詩集においてもなお、

沈黙という言葉で
沈黙をはるかに指し示すことはできる
だが沈黙という言葉がある限り
ほんとうの沈黙はここにはない

（「断片」部分）

というように、「沈黙」への止み難い欲求を隠そうとしない。ごく早い時期から一貫して追求し続けてきた「言葉を推敲し／この沈黙に至ろう」（「旅7」）という意志の持続が確認されるのである。『クレーの絵本』の中にも「沈黙」の主題はいくつかの作品で探求されている。「ケトルドラム奏者」と題されたクレーの絵（図版5）を見てみよう。

プリミティヴなタッチのクレー晩年（一九四〇）の色彩と線の中に、谷川俊太郎はひそかな沈黙を読み取っている。この絵に付せられた詩を全文引用する。

ケトルドラム奏者

どんなおおきなおとも
しずけさをこわすことはできない
どんなおおきなおとも
しずけさのなかでなりひびく

ことりのさえずりと
ミサイルのばくはつとを
しずけさはともにそのうでにだきとめる
しずけさはとわにそのうでに

ケトルドラム（ティンパニ）という大音響の楽器をテーマにした絵を前にして、詩人は「しずけさ」を読み取っている。沈黙の中にこそあらゆる音が響く、という発想である。後半部では、二つの対照的な音を描くことで「しずけさ」の普遍性を描いている。この「しずけさ」こそが詩の本質に迫る何かではないだろうか。その確信を、詩人は画家の「言葉になる以前のイメージ」（「魂の住む絵」前出）の中に見出したのだ。

『クレーの絵本』と対をなす詩集『クレーの天使』（二〇〇〇）の中にも、やはり同様に、言葉以前の、あるいは言葉を超えた、詩の「しずけさ」が描かれている。クレーが晩年（一九三九）に描いた天使の連作（図版6）に、谷川俊太郎が付した詩の一つを見てみよう。

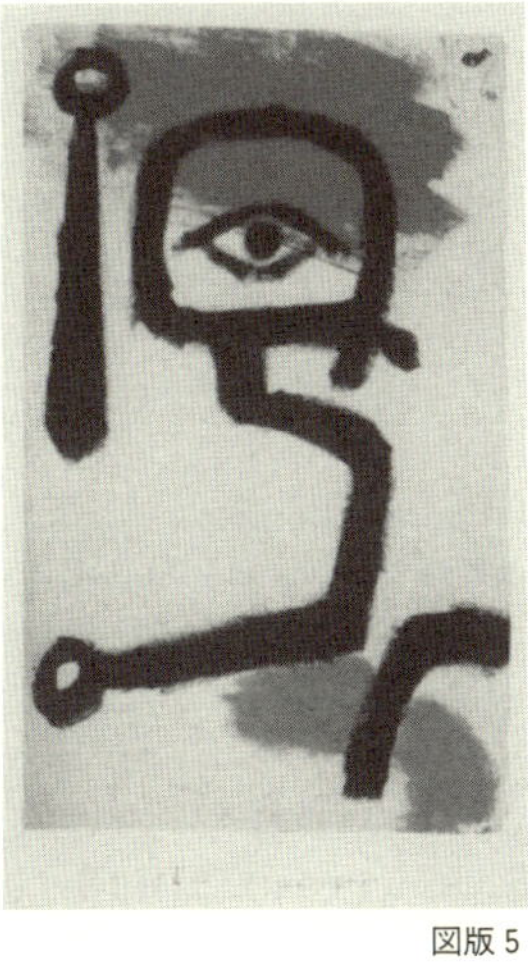

図版５

鈴をつけた天使

ほんとうにかきたかったものは
けっしてことばにできなかったもの

すずをつけたてんしにくすぐられて
あかんぼがわらう
かぜにあたまをなでられて
はながうなずく

どこまであるきつづければよかったのか
しんだあとがうまれるまえと
まあるくわになってつながっている

もうだまっていてもいい
いくらはなしても
どんなにうたっても
さびしさはきえなかったけれど

図版 6

よろこびもまたきえさりはしなかった

言葉には決してできない何か、という主題から始まって、赤ん坊を笑わせる天使の仕業、誕生以前と死後の連鎖、言葉や歌の力と無力、と、いくつもの主題が一見脈略なく並べられているように読まれる。だが、こうした主題系がこのように平易な言葉で語られていくと、なんとなく頷いてしまうから不思議だ。ここに並べられた四つの主題は、いずれも、現在の谷川俊太郎の最重要命題と言っていい。特に、誕生直後の赤ん坊の感覚への興味は、死後の世界への興味とともに、二十一世紀に入ってからの谷川詩学の根幹を成しているように思う。「しんだあとがうまれるまえと／まあるくわになってつながっている」とは、きわめて哲学的な命題でありながら、だれの身にも必ず起こったし今後必ず起こる出来事である、という点において、最もシンプルで当たり前な事実認識でもある。その事実に気付かせてくれたのが天使であり風——つまり異界からの使者——であったことを、この詩はそっと打ち明けているようだ。

3 「あかちゃんから絵本」シリーズ

ここまでは、「絵本の詩学」と題しながらも絵本詩集または詩画集と呼ばれるものを対象に論じてきたが、最後に、正真正銘の「絵本」に触れなければならない。ここでは、数多くある谷川俊太郎の名作絵本（その中にはすでに古典になっているものもある）を論じるのではなく、最近になって開始された一連の新作を取り上げてみたい。クレヨンハウス出版部から刊行中（二〇〇三～）の「あかちゃんから絵本」のシリーズである。

谷川俊太郎は、二十世紀末から二十一世紀初にかけて、あまり積極的に詩を書かなかった（まったく書かなかったわけではない）時期があった。一般に「沈黙の十年」と呼ばれているその時期が終了したのは二〇〇二年の詩集『minimal』の刊行においてだった。その「あとがき」に谷川は「沈黙したい、もう一度沈黙に帰って新しく書き始めたいという意識下の欲求」と書いている。饒舌と喧騒を憎悪するのは詩人本来の習性だが、かといって沈黙のみで詩は成立しない。沈黙を獲得する方法は、詩人にとって次の二つに要約されるだろう。一つは、先述したように「言葉を推敲して」（「旅7」）沈黙に至る道を探すこと。この場合、沈黙とはついに限りなくメタファに近いものだろう。もう一つは、沈黙の直後、言葉が分節化する以前の意識と感覚（例えば中原中也が「名辞以前の世界」と呼ぶところのもの）を取り戻すことだ。

谷川俊太郎は、長い詩歴において、意味以前の言葉探しとでも呼ぶしかない様々な言語実験を行ってきた。一連の「ことばあそびうた」などはその過激な試みだったと言える。ひらがなだけの詩は半世紀にわたって書き続けているし、『minimal』の俳句的世界は記憶に新しいところだ。その『minimal』刊行直後に始まった「あかちゃんから絵本」シリーズを、谷川詩学のより過激な新展開、と私は考えている。「あかちゃん絵本」ではなく「あかちゃんから絵本」と呼ぶのは、大人にとっても楽しいものをつくりたい、とのクレヨンハウス出版部の意向である。その主旨に対して、谷川俊太郎はどう答えたか。

二〇〇三年一月に刊行された絵本『まり』は、「谷川さんの文に広瀬さんが絵を描いて生まれました」と、カバー見返しに書かれているように、画家の広瀬弦が谷川俊太郎の文に絵を付した本である。

つまり絵が後で描かれたわけだから、本稿でこれまで見てきた（『由利の歌』をのぞく）一連の絵本詩集（詩画集）とは逆の制作順序になっている。ただし、「文」とはいっても、冒頭と巻末の「まり」以外はすべてオノマトペのみから成っていて、それも一ページに一語のみだから、「文」と呼べるかどうかさえ実は定かではない。つまり、それくらい「沈黙」に近い言葉なのだ。『まり』の一ページを紹介しよう（図版7）。

図版7

これだけである。他のページも同様に、形を変えながらころがっていく「まり」を「ころころ」「ぽとん」「ひゅーん」「かっくん」「ぷか」といったオノマトペと絵のみであらわした一冊なのだ。もちろん、これらの言葉は「詩」ではない。だからこの「絵本」も「詩集」ではない。だが、このようにシンプルかつプリミティヴな表現の中にも、谷川俊太郎の「詩学」は歴然としてあるのだ。なぜなら、それは、言葉が分節化される以前のさわりのようなもの、意識下の最も深い部分にひそんでいる人間の無意識世界のようなもの、だれもがみな通過してきた（そしてだれもがみな忘れている）記憶以前の原記憶のようなもの、そうした曖昧で脆弱で微細な、だが確実にあったはずの何かに直接触れるためのほとんど唯一の方法なのだから。「絵本の詩学」が成立する所以である。

『まり』と同時に刊行されたもう一冊の絵本『にゅるぺろりん』（絵は長新太）でも同様に、谷川俊太郎の言葉はすべてオノマトペである。だが、『まり』が日本語で一般に用いられ

図版8

る普通のオノマトペであるのに対して、かなり独自に変形された（独創的な？）オノマトペが用いられているのが特徴だ。

この二冊に続いて、二〇〇三年十一月に刊行された『かいてかいて』では、さらに過激な実験が行われている。表紙には「谷川俊太郎・文　和田誠・字」と記されていて、中にはまったく絵が描かれていないのだ。最初のページを開いてみよう（図版8）。

つまり、あかちゃんに自由に絵をかかせようという主旨の本、まさに「絵のない絵本」なのだ。「かいて　かいて　でたらめかいて。」「あ　これなあに？」から始まって、「かいて　かいて　どんどんかいて」「あ　どこいっちゃうの？」まで、「文」による誘導のしかたはみごとなものだが、それにしても「詩」と呼び得るような何かではない。まして、絵がないのだから「絵本」とさえ呼べるかどうか。ここでは絵も言葉も、限りなく無に近づこうとしている。なぜなら、作者の側から読者（？）の側へと、かく主体を移動することがこの本の狙いであるからだ。絵や言葉が生まれ出るその瞬間を読者の手に委ねようという谷川「詩学」の一環なのである。『かいてかいて』と同時刊行の『んぐまーま』は、大竹伸朗による虫のような生物の奇妙な絵と谷川俊太郎による呪文のような言葉の羅列の組み合わせ。二〇〇四年十一月刊行の『とこてく』は、奥山民枝の絵と谷川俊太郎の文の組み合わせだが、このあたりになるともう、絵と文のどちらが先かはわからないし、またわかる必要もないほど言葉（文？）は沈黙に近づいている。これと同時刊行の『ぽぱーぺ　ぽぴぱっぷ』は、おかざきけんじろうの絵と谷川俊太郎の文。始めから終わりまで奇妙な原色の物体と意味不明のオノマトペのみから成る本で、もちろんストーリーもなければ意味もない。最後のページを紹介する（図版9）。

図版 9

　こうした一連の「絵本」シリーズの開始にあたって、谷川俊太郎は次のようにコメントしている。

> 絵本のことばというのは「文字」になっていますが、あかちゃんの絵本の場合は、文字ではなく声や音であるべきだと思います。あかちゃんは、まだ文字をもっていないわけですから。そして、その「声」に合うのは、日常で使っている意味伝達のことばではなくて、おかあさんがあかちゃんをあやすような、意味を超えた、愛情のかたちとしてのことばがいいとぼくは思っています。そういう声のもっているやわらかさやあたたかさが、あかちゃんにとってはすごく大事だと思うので、絵本をつくるときにも、そういうスキンシップ的な「声」をもったことばにしたいと思っています。
>
> （「月刊クーヨン」二〇〇二年四月号より）

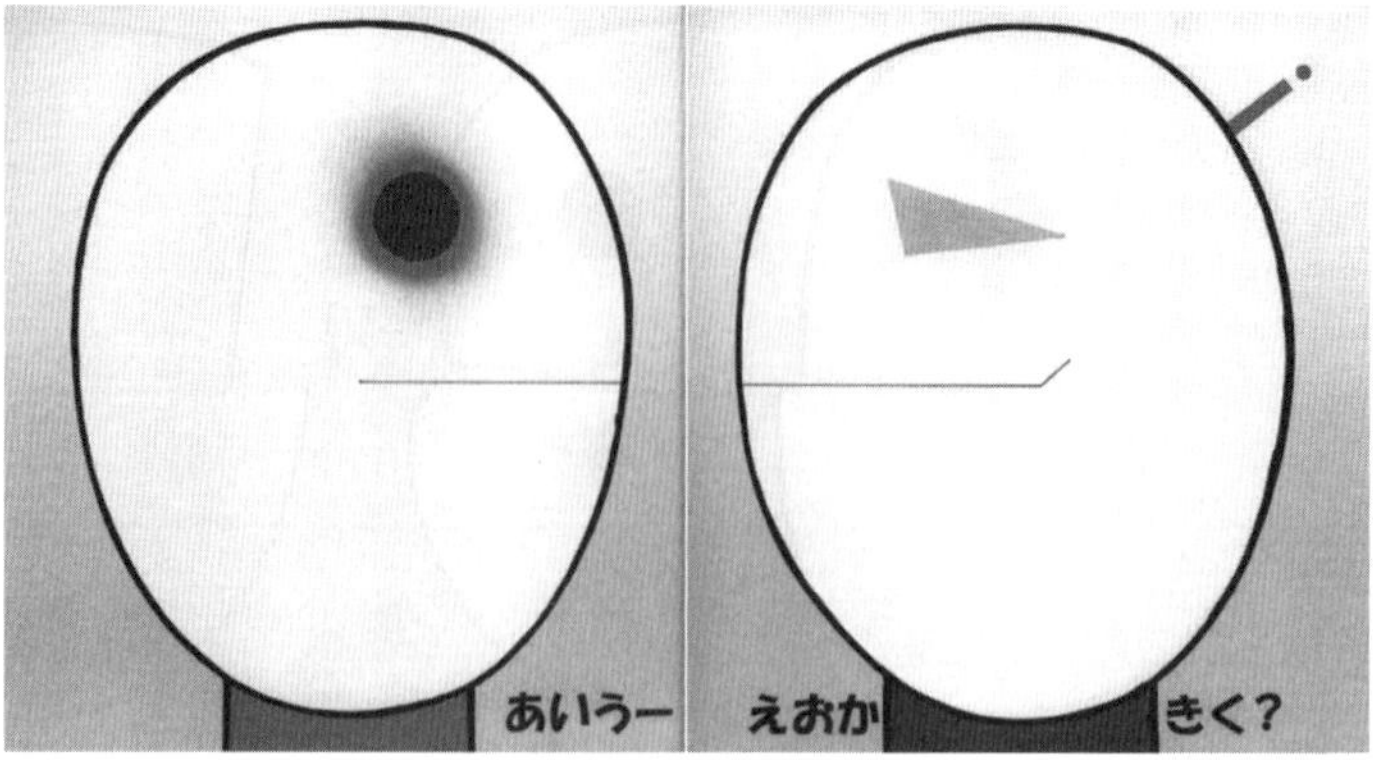

図版10

「日常で使っている意味伝達のことばではなくて」「意味を超えた」言葉とは、まさに詩の言葉ではないか。いや、正確には、詩が理想としている「沈黙」に限りなく近い言葉、と言うべきだろう。誕生以前に限りなく近く、死にもまた限りなく近い、そんな境界領域で発せられる言葉こそが、「しんだあとがうまれるまえと／まあるくわになってつながっている」(「鈴をつけた天使」前出)という世界観を支える重要なファクターなのかもしれない。その意味において、谷川俊太郎が近年しきりに興味を示している老人介護問題とあかちゃん絵本とは、どこか深いところでつながっているのだろう。声による「スキンシップ」というのも、母親の介護体験以来、谷川がしきりに口にする言い回しだ。

　最後に、「あかちゃんから絵本」シリーズの第七作である『ふたり』を見ておこう。中辻悦子の絵、谷川俊太郎の文による絵本である。これ以前の六冊とは異なって、五十音表を崩したかたちで、多少なりとも「意味」のある「文」になっているのが、これまでにない特徴だ。最初のページを開いてみる(図版10)。

　かなり抽象化されてはいるが、それだけに表情豊かな「ふたり」が五十音順に言葉を交わしながら表情を次々と変えて行く、というだけのストーリーだが、単純ながら筋らしいものがあることと、これも単純ながら意味らしきものが少しはある、という点が、これまでの「あかちゃんから絵本」と異なる特徴だ。少しだけ年長向き、ということだろうか。あるいは、第一弾刊行の際に赤ちゃんだった子が三年の間に成長した分だけ、読者（例えば母親）からのニーズが変化しただけのことかもしれないが、いずれにせよ、今後のこのシリーズが楽しみである。

「もう一度沈黙に帰って新しく書き始めたいという意識下の欲求」（『minimal』「あとがき」前出）から、言語以前へと一度リセットした谷川俊太郎の〈絵本〉の詩学が、今後どのような展開（成長？）を見せるのか、また、そこから「現代詩」へとどのような架橋ぶりを見せるのか、その両者がそもそも不即不離の関係にあることをどのように示していけるのか。これは谷川自身にとってのみならず、私たち読者にとってもまた、今後の大きな課題である。なぜなら、谷川俊太郎という日本語の「現象」を観測することは、私たち日本語生活者にとって大きな意味をもつものであるにちがいないからだ。

六章　〈写真〉の詩学

『絵本』から『写真ノ中ノ空』まで

はじめに

詩画集や絵本など、画家とのコラボレーションをさかんに行っている谷川俊太郎だが、写真家との合作もかなりあって、それらの中には独自の詩学を探求する試みも少なからず認められる。「詩」とは言葉によって指し示すことができるのみで、ついに到達はできないもの、とする谷川詩学の根幹に、音楽や絵画への希求があることは、これまでに何度か論じてきた。ここでは、写真という比較的新しいメディアとの協同作業が谷川詩学に寄与してきたものとは何か、という問いを立てることで〈写真〉の詩学を考察してみたい。

最初に、本稿で取り上げるおもな「写真詩集」を時代順に列挙しておく。自らの写真を配した詩集『絵本』（的場書店、一九五六）、丹地保堯の写真に二十篇の一行詩を付した『50本の木』（筑摩書房、一九八二）、百瀬恒彦の写真との合作『子どもの肖像』（紀伊國屋書店、一九九三）、荒木経惟の写真との合作『写真ノ中ノ空』（アートン、二〇〇六）。いずれも、詩が先にあって装飾用の写真を付けたのではなく、谷川が既存の（あるいは自作の）写真に言葉を付したものである。これらの写真に詩を提供することで、詩人は何を指し示すことができたのか。言葉だけでは表現し得ない「詩」をどのように指し示しているのか。時代を追って見ていくことにする。

1　写真詩集『絵本』

前章に私は、谷川俊太郎の初期詩集『絵本』を「絵本のコンセプトを提出した詩集」として位置づけた。その位置づけについて修正の余地はないのだが、当の詩集そのものを未見のままなのが気掛かりだった。全詩集や選詩集に『絵本』の全文は収録されているものの、この詩集に付されていた写真はどの版にも収録されていないためである。ところがその後、幸運にも詩集『絵本』初版本を入手して、そこに収録された写真の数々が意外と重要な意味を（少なくとも刊行時において）もっていたことに気づいた。その報告から本章を始めたいと思う。

まず、前章に引用した詩集巻頭作品を再度引用する。

生きる

生かす
六月の百合の花が私を生かす
死んだ魚が生かす
雨に濡れた仔犬が
その日の夕焼が私を生かす

生かす
忘れられぬ記憶が生かす
死神が私を生かす
生かす
ふとふりむいた一つの顔が私を生かす
愛は盲目の蛇
ねじれた臍の緒
赤錆びた鎖
仔犬の腕

これを「自らの詩を「絵」としてとらえる発想を得た」視覚的な作品、とする見方に変わりはない。ただ、この作品に付せられていた一枚の写真(図版1)の暗示作用に気づいたのは、本詩集初版本を初めて手にした時のことである。

ふたりの(おそらく男女の)腕が交叉している写真だが、詩の内容と直接的な関係はない。想像できるのは、後半にあらわれる「愛は」以下の四つの名詞「盲目の蛇/ねじれた臍の緒/赤錆びた鎖/仔犬の腕」を凝縮したイメージとして示されている、ということだ。交叉した先で手首が互いの指先を求め合うような方向に曲げられている形は、二匹の蛇のようであり、ねじれていて、鎖のようで、さらに「仔犬の腕」のようでもある。「仔犬の腕」というのはわかりにくいが、華奢で無垢な腕、というほどの意味だろうか。

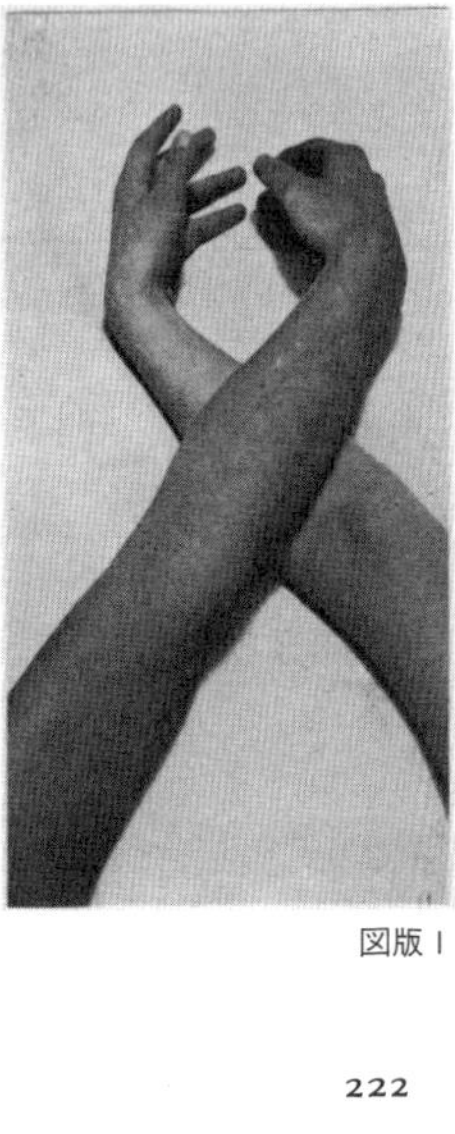
図版1

詩「生きる」に付せられた手の表情は非常に印象的なものだ。この「手」こそが実は詩集『絵本』の隠れたライトモチーフであることに気づくのにそれほど時間はかからなかった。というのも、全十七篇の詩にそれぞれ付せられた写真（一篇のみ写真が二葉）、それに扉と表紙を含めて全部で二十葉の写真がすべて手をモチーフにしているからだ。その中から、詩「八月」を引用してみよう。

八月は夢見ぬ月
僕は見た
どこまでも青い海と
陽に焦けた女の腿
僕は見たのだ
陽が移り
風の渚をわたつてゆくのを
それから
僕の血と海と夜とは
同じ匂いがし始めた
そのほかには何も無く
そのほかには
何も
無く

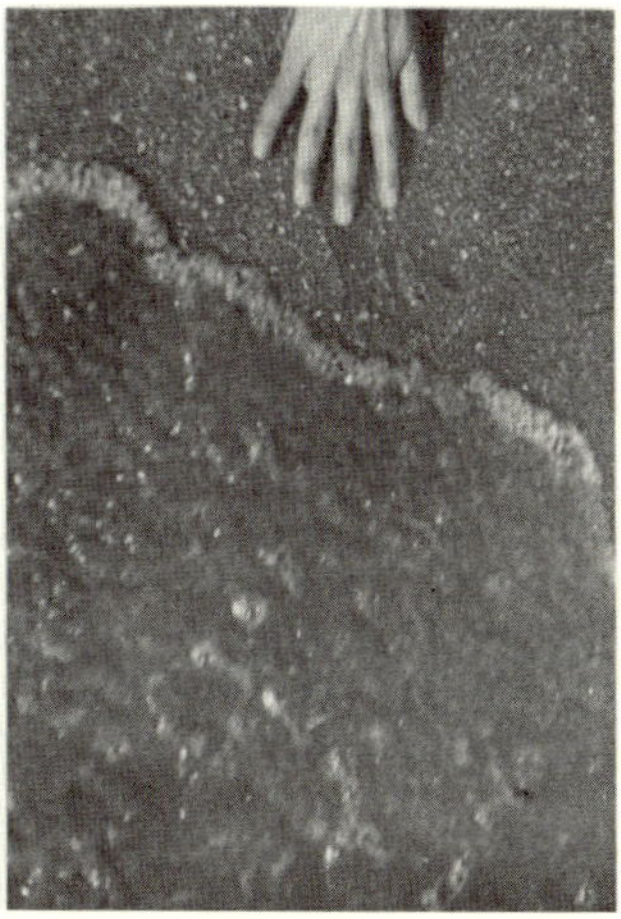
図版2

八月は
この星の栄光で一杯だつた

詩集『絵本』は縦24cm横25.6cmの大型本で、この形態が「絵本」を模していることは明らかだ。刊行時に配付された宣伝注文用の往復葉書には「限定300部」「番号と署名入」とあり、定価は六〇〇円。「言葉とのアルス・アマトリア」とのキャッチコピーが書かれている。発行は谷川の友人で詩人の北川幸比古が経営する的場書房である。この豪華本の各右ページに詩が一篇ずつ印刷され、左ページにそれぞれ写真が貼付されている。右に引用した詩「八月」に付された写真が図版2だ。

水辺に置かれた手が「八月」の印象を象徴的に表している、といえばいいだろうか。「どこまでも青い海」を表すのに大海原ではなく波打ち際の漣と手の甲をもってするのは、部分で全体を表す一種の換喩だが、そのミニマルな表現法が詩作品に親しみやすい印象を与えているように思う。「女の腿」「風の渚」「僕の血と海と夜」それにとりわけ「この星の栄光」といった瑞々しい抒情表現、言い換えればいかにも「詩的」な表現に、より暗示的で間接的な印象を演出するのが波打ち際の手の写真である。

『二十億光年の孤独』(一九五二)、『六十二のソネット』(一九五三)、『愛について』(一九五五)と、宇宙的な自然観を若者らしい感性で描いてきた詩人が「限定300部」というミニマルな環境で新たな実験に乗り出したのが詩集『絵本』なのではないか、と私は考えている。この詩集は、その後の長い詩歴の中で何度か繰り返されることになる前衛的実験詩――『21』『ことばあそびうた』『定義』『メランコリーの川下り』『minimal』等――の最初の試みだったのではないか。とにかく、他ジャンルとのコラボレーション〈自作の写真とはいえ〉という形態はこの『絵本』が初めてなのである。詩集『絵本』からもう一篇引用しよう。数多い谷川作品の中でも代表作の一つに挙げられることの多い作品「空」の前半部分である。

空はいつまでひろがつているのか
空はどこまでひろがつているのか
ぼくらの生きている間
空はどうして自らの青さに耐えているのか

ぼくらの死のむこうにも
空はひろがつているのか
その下でワルツはひびいているのか
その下で詩人は空の青さを疑つているのか

今日子供たちは遊ぶのに忙しい
幾千ものじやんけんは空に捨てられ
なわとびの輪はこりずに空を計つている

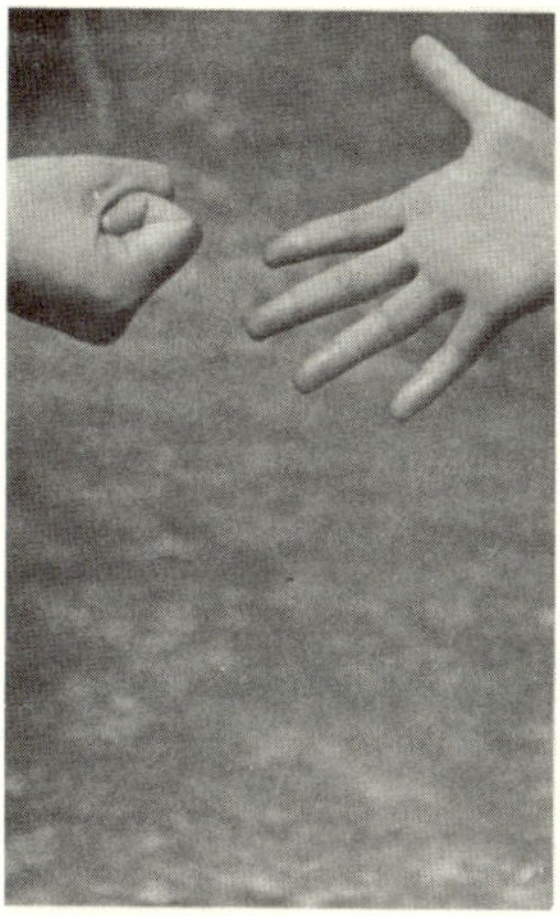
図版3

この詩はちょうど半世紀後にあたる二〇〇六年に刊行された写真詩集『写真ノ中ノ空』にも収録さ

れているので、本章後半で再び取り上げることにする。ここでは、谷川作品の中で最もよく取り上げられる「空」というモチーフがこれ以前の三詩集と比較してよりいっそうの広がりと深まりを見せていることを指摘するに止めよう。その広がりと深まりは、空への「疑い」が明記されている点に端的に示されている。

この詩の左ページに貼付された写真が図版3である。「空」をテーマにした写真がじゃんけんであるのは、本文中に「じゃんけん」が書かれていることにもよるが、それ以上に、詩集全体のライトモチーフが「手」であるからだ。第一詩集以来の宇宙論的自然観に加えて、日常的身体的なモチーフと宇宙的な自然観とのコレスポンダンスを図っている、と言ってもいい。「手」と「空」との組み合わせが、その後の谷川詩学の根幹(の一つ)となっていることを考えれば、このことは容易に推察されるだろう。詩と写真のコラボレーションという実験もまた、この小宇宙と大宇宙とのコレスポンダンスの(最初の)実験にほかならなかった。

2 「50本の木」と「二十行の木」

『絵本』以後、谷川俊太郎は長い間、まとまったかたちでの写真詩集を出さなかった。だが、一九六〇年代から始まる数々のコラボレーション作品(詩画集、絵本、歌、戯曲、ラジオドラマ等々)への先駆的作品だった、という意味で、『絵本』は見逃せない詩集であることに疑いはない。その後に編まれた数々の選詩集に『絵本』からの収録作品が少なくないにもかかわらず、そのいずれにも写真が掲載されていないのは、写真との対話という実験が実験としての役目を終えて、より先鋭的かつ全方位的活動が前面に現れることになったためと思われる。

写真とのコラボレーションも、この間、なかったわけではない。だが、それらはいずれも、予め書かれていた谷川作品に挿絵のようなかたちで写真を入れたものがほとんどである。谷川が全面的に一冊の写真集に詩をつける、というかたちで本格的な「写真詩集」を手がけるのは一九八二年の『50本の木』においてである。

『50本の木』は、写真家丹地保堯が撮影した木の写真を集めて一冊にした上で、谷川俊太郎がそのうち二十葉の写真にそれぞれ一行詩を書いて（総題は「二十行の木」）成り立った写真詩集である。一行詩とはいえ、あるは一行詩だからこそ、寡黙な中に深遠な真実を指し示す谷川詩学の精髄が凝縮した作品群だ。その一例を挙げてみよう（図版4）。

秋の黄葉に染まる霧ヶ峰の樹木群を撮った写真だが、谷川俊太郎はこれを見て次の一行詩を書いた。

他と似るのを少しも恐れずに身を寄せあい

図版4

詩人が人間の身体を樹木になぞらえたのは何もこれが初めてではない。また、樹木を擬人化するのもいわば詩人の常套手段と言っていい。だが、群生する樹木の黄葉を他者との共生のイメージでとらえ「身を寄せあい」と結ぶのは、相当の人間観察と鑑識眼、それに透徹した詩学がなければ浮んでこない発想ではないだろうか。ここで詩人は、『絵本』の場合と同様に、自然界と人間界とのコレスポンダンスを表明している。

次の写真と詩の組み合わせもまた、谷川詩学の精髄を垣間見させる好例だ（図版5）。

決して煽動の効かぬ静かな群衆

図版5

こちらは三河高原の夏景色だが、整然と立ち並ぶ樹林を「静かな群衆」に見立てる発想とともに、決して煽動されることのない聡明な群衆の出現を待ち望む詩人の倫理あるいは思想、さらには祈りが、凝縮した一行ではないだろうか。

もう一点「二十行の木」から挙げてみよう（図版6）。北海道、狩勝峠の夏景色である。鮮やかな黄褐色の木々に付した一行は、

空へ溶け入ろうとしてふるえている――色

というものだ。空に憧れながら恐れを抱かざるを得ないアンビヴァレントな感情は、第一詩集以来谷川俊太郎が飽くことなく探究し続けている重要主題である。詩人はここで、その感覚的真理を、写真に語らせることで、つまり写真というコンテキストを活用して、端的な一行に封じ込めている。写真という「語り」の中から「歌」の一行が立ち上がっているのである。

図版6

3 『子どもの肖像』

『50本の木』から約十年後、谷川俊太郎は詩集『子どもの肖像』を刊行した。前作がどちらかと言えば写真中心、一見したところ詩はキャプション程度（といっても素晴らしいキャプションだが）の慎ましい位置に止まっていたのに対し、今度は正真正銘、写真と詩がまったく対等に嚙み合った全面的なコラボレーションである。写真は百瀬恒彦。一九八八年に「家庭画報」に連載した十二回分の肖像写真に谷川俊太郎が詩を書いて、さらにその五年後に同じ子どもたちを撮った写真（の一部）に谷川が詩を付けた、文字通りのコラボレーション作品である。

詩集『子どもの肖像』は、一九八二年の『みみをすます』から始まる本格的な「こどもの詩」と「ひらがな詩」という二重の新機軸の流れの中にあるものだが、ここでは「写真の詩学」の論脈で考えてみたい。

まず、二歳の男の子を撮った百瀬の写真から見てみよう（図版7）。慣れないスタジオに連れてこられて今にも泣き出しそうな表情と微妙に緊張した手足のバランスが印象的な一枚である。

この肖像写真から谷川俊太郎は次のような詩を創作した。総ひらがな表記の（今となっては）読者におなじみの「こどもの詩」である。

なくぞ

なくぞ
ぼくなくぞ
いまはわらってたって
いやなことがあったらすぐなくぞ
ぼくがなけば
かみなりなんかきこえなくなる
ぼくがなけば
にほんなんかなみだでしずむ
ぼくがなけば
かみさまだってなきだしちゃう
なくぞ

図版7

いますぐなくぞ
ないてうちゅうをぶっとばす

今にも泣き出しそうな一瞬をとらえた写真家絶妙のテクニックにも感心するが、その一瞬のうちに渦巻く子どもの感情エネルギーを爆発的な暴力の位相で表現した詩人の憑依能力にはただ感嘆するしかない。もちろん、二歳の子どもはこんなふうな言葉を用いて内面を表白したりしない。それはあり得ない。だが、その心に渦巻くアモルフな感覚に、もし言葉というかたちが与えられるなら、そんなことがもし可能なら、子どもはきっとこんな言葉で感情のエネルギーを爆発させるにちがいない。おとなと子どもを自在に往還する谷川詩学が絶妙のタイミングで子どもの緊迫感と出会った。その一瞬のポエジーがみごとに写真との対話を成立させた一例といえるだろう。

肖像写真の不思議に注目した文学者はこの百五十年ほどの間に多くいた。一八五〇、六〇年代にフェリックス・ナダールをはじめ何人かの写真家のモデルとなった詩人ボードレールを皮切りに、多くの詩人文学者たちが肖像写真の一過性と不変性について思索を凝らしてきた。写真の後に発明された映画があくまで時間の持続性の中で現実をシミュレイトするリアリズムの原理に従わざるを得ないのに対して、写真はその一過性、瞬間性の特質のために過去の（死んだ）瞬間の記録という特性を担い続けることになった。時間を空間に、というか平面に、止めるのが写真の使命なのだ。フランスの思想家ロラン・バルトは、『明るい部屋　写真についての覚書』（一九八〇／邦訳は花輪光、みすず書房、一九八五）の中で、写真の機能を「ストゥディウム（共同の知識）」と「プンクトゥム（突き刺すもの）」に大別し、既知のことがらの再認の中に突如として出現する未知の刺激、発見、驚異を写真の魅惑にして魔力、と定義した。谷川俊太郎の写真詩とは、写真の「ストゥディウム」に突如として「プンクトゥム」を生じさせる運動体、谷川自身の言葉を借りれば「風穴をあける」運動体ではないだろうか。次に挙げるのは、やはり『子どもの肖像』の中から、唯一兄妹を被写体にした写真である（図版8）。しっかり握り合った手が印象的、と見るのは、詩集『絵本』の手の写真の残像のせいだろうか。幼年期の無垢に浸る少女の顔が、緊張の中にも兄への信頼に溢れているように見える。手の表情もまたこの写真に谷川俊太郎が書いたのは次のような詩だ。

いもうと

いもうとというものは
いけどりにされた
すばしこいどうぶつみたい
もりへかえりたくて
いつもむっつりしてる
つかまえようとすると
てからすりぬける
しらんかおしていると
そばへきてひっかく
ゆめのなかではおおきなめで

図版8

じっとぼくをみつめる
そのときどこからか
とてもいいにおいがする

妹という曖昧な存在を素朴にかつ繊細に描いた作品である。一人っ子の谷川俊太郎にもちろん妹はいない。十歳の男の子の視線で六歳の妹を不思議そうに眺めている、といった趣きだ。野生の小動物に喩えられた妹は幼年期の夢そのもののように奔放だ。

この写真から五年後に、やはり百瀬恒彦が同じ兄妹を沖縄で撮った写真がある（図版9）。米軍基地という背景も気になるところだが、この時点で兄は十五歳、妹は十一歳。共におとなへの変化のさなかといっていい年齢だ。社会や世間の諸問題にも気づき始めていることだろう。背景は、その社会性を表象しているのかもしれない。だが、それ以上に気になるのは、やはり兄妹の手の表情だ。バルトがいうところの「プンクトゥム（突出するもの）」がこの手に表れているように思われてならない。五年前の写真でしっかり兄の手を握っていた妹の手が、この写真では力弱く握られたまま、受動的な状態に止まっているように見える。よく見ると、握られた手の間から小さな布切れのようなものがのぞいてさえいるではないか。ちなみに、この写真に付された百瀬によるキャプションには、「撮影時、智成くんの左手の小指には、ガールフレンドからもらった、銀の指輪が光っていた」とあって、思春期にさしかかった兄妹の微妙な心理の綾が暗示されているかのようだ。この写真に、谷川俊太郎はこんな詩を書いた。

おおきくなる

おおきくなってゆくのは
いいことですか
おおきくなってゆくのは
うれしいことですか

いつかはなはちり
きはかれる
そらだけがいつまでも
ひろがっている

おおきくなるのは
こころがちぢんでゆくことですか
おおきくなるのは
みちがせまくなることですか

いつかまたはなはさき
たまごはかえる

図版 9

あさだけがいつまでも
まちどおしい

おとなになることへの恐れと不安を主題にしながら、思春期のしなやかな感受性を自在に歌った作品だ。成長するとは心と道が狭くなること、としながらも、決して断言はせずに疑問文に止めているあたりが、いかにもこの詩人らしい節度と繊細さといえるだろう。五年前の詩が兄の視線で語られていたのに対し、こちらは妹の視線で書かれているようだが、思春期一般に通じる普遍的な心理を表現していると見ることもできるだろう。

『子どもの肖像』という難しい主題を前に、写真家と詩人は惜しむことなく己の能力を発揮して、微妙かつ本質的な、子どもという存在の闇を二重の光線によって浮き出させているかのようだ。繊細な表情の一瞬を逃さない写真家の目と、その写真に秘められた「プンクトゥム」を見逃さない詩人の透徹したまなざし。すぐれた「子どもの詩集」でありながら同時にスリリングな「写真詩集」でもあり得ているのは、「子ども」という存在自体の一過性、瞬間性のためでもあるのだろう。

4 『写真ノ中ノ空』

二〇〇六年十二月に出た写真詩集『写真ノ中ノ空』（アートン刊、写真は荒木経惟）は、「あとがきに代えて」と記された散文「空」も含めて全四十一篇。ただし、新作はいずれも短い二十四篇で、残り十七篇は『二十億光年の孤独』『六十二のソネット』『あなたに』など過去の本からの再録作品。荒木経惟による四十数枚の写真（おもにモノクロ）と共に、空の様々な表情を描き出していて、まさに

「空詩集」「空写真集」と呼ぶにふさわしい一冊である。

この本は上下見開きになっていて、上ページに詩、下ページに写真、あるいはその逆、見開き二ページが写真だけ、または詩だけ、といった組み方になっている。新作詩はおもに数行の短いものなので、写真との見開きになっているものが多い。その中から、まず上に詩、下に写真（図版10）があるものを見てみよう。

なにもかも失ってもこの空がある
空は母だ
どんなに甘えてもいい　空になら

長いあいだ空に対して、時には甘え時には反発し、また信頼し疑問を抱き、複雑な心理を描写し続けてきた（「大阪芸術大学の歌」にある「青空は解ききれぬ謎」などはその最たるもの）詩人が、ここで「空は母だ」と言い切っている。ということは、これまでおもにイマジネールな「父」の表象であった空がついに「母」へと変化した、ということだろうか。だが、あわててはいけない。次のページには先にも引用した詩集『絵本』収録の「空」が全文再録されていて、その後半で詩人は次のように書いているのだ。

図版10

空は何故それらのすべてを黙っているのか
何故遊ぶなと云わないのか
何故遊べと云わないのか

青空は枯れないのか
ぼくらの死のむこうでも
もし本当に枯れないのなら
枯れないのなら
青空は何故黙っているのか

ぼくらの生きている間
街でまた村で海で
空は何故
ひとりで暮れていってしまうのか

要するに、ここでも詩人の空は変幻自在、多様にして多義的な存在なのだ。だから空とは詩人自身でもある。あるいは父でも母でもある。またこの場合には、写真家荒木経惟にとって亡妻の居場所でもあるのだ。

本書巻末には荒木経惟による手書きのメモ風のあとがきが付されていて、その末尾には「陽子が逝って空ばかり写していた、モノクロームの空の写真に、一周忌の写真展に、カラーインクで着色した。静かな夕焼けを写しながら、陽子を想った」とある。つまり、これは荒木にとっての追悼写真集でもあるのだ（撮影はおもに一九九〇年）。この写真集に反応した詩人は、様々な視点から空の諸相を描き出していく。例えば、空を介して地球と雲を擬人化した次のような作品がある。ここは上ページが写真（図版11）で下ページが詩になっているので、その順に引用する。

図版11

宇宙の高みから見ると
青い薄物で裸を隠している地球は色っぽい
地上から見ると
音もなく姿を変える雲が色っぽい

宇宙の高みからなどと、いくら宇宙からの映像があるとはいえ、相当の想像力がなければ言えないことだ。色っぽい地球と色っぽい雲は、いわば宇宙的身体感覚を全開にして――全身で――感応し合っている。

次に挙げるのは、詩が上、写真（図版12）が下の作品だ。

誰があかりを消すのだろう
夕暮

あんなに静かにやさしい手で
空の全部にさわっていって
誰があかりを消すのだろう
夕暮
私が夜を欲しい時　また
私が夜を憎む時
だれがあかりを消すのだろう

ここでも「手」と「空」が共鳴し合っていて興味深いのだが（そもそも本詩集の巻頭詩には「見上げなくても／空はあなたの指先から始まっている」と、手と空の連続面宣言が記されている）、実はこれは一九六〇年の詩集『あなたに』からの再録作品。原題は「夕暮」。空の夕景を雲間の光にとらえた写真も鮮やかだが、その夕景に既存の詩をあてる際に、詩人は真ん中の十行分を省略した。元々あった「恋人たちは知っている／二人の欲望が消すのだと／子供たちも知っている／彼等の歌が消すことを（以下略）」と続く詩行を省略したのは、写真家に対する配慮だろうか。それもあるかもしれない。だがそれ以上に、説明的と言えなくもない詩行を不要と判断したからではないだろうか。写真の表現力が詩の表現力と化合することで、説明的な細部が不要になったのである。ここでも詩人は、写真というコンテキストの中から歌を立ち上げている。たとえそ

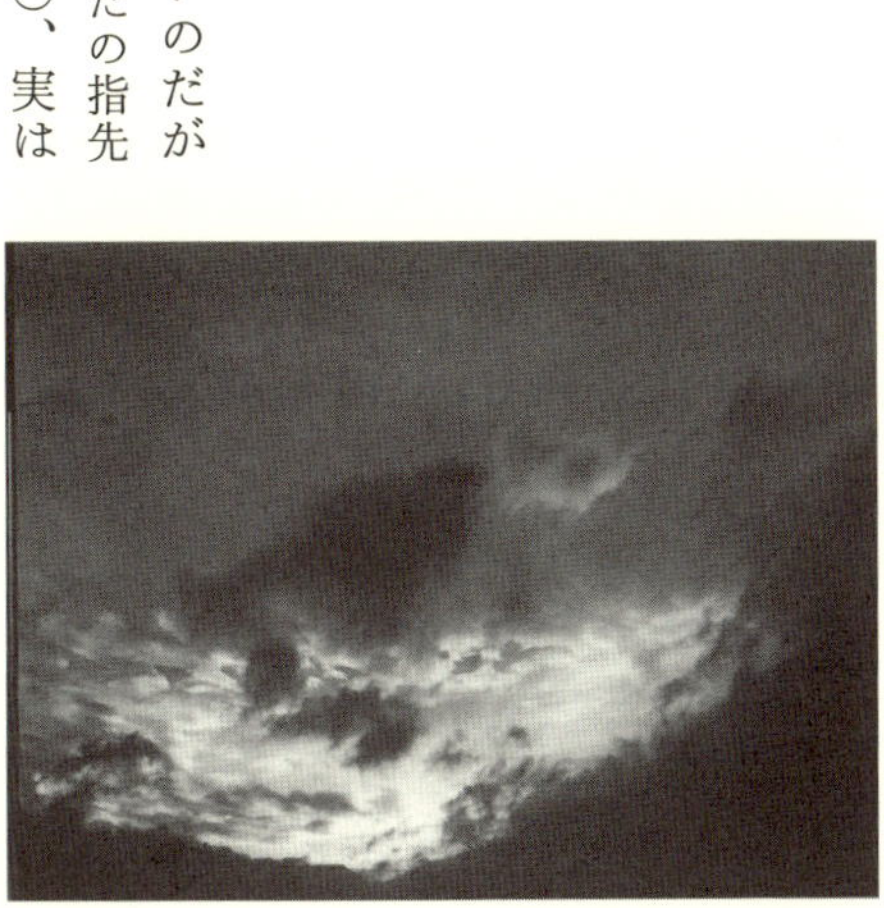
図版12

れが過去の作品の再利用であったとしても。逆に言えば、過去の空詩篇が写真の力によって新たなイメージとして蘇ったのである。

次の写真（図版13）もまた夕景だろう、雲間の光を鮮やかにとらえている。

図版13

空は何も見ていない　ただそこにあるだけ
ヒトがヒトを愛しても　ヒトがヒトを見捨てても
空は裁かない　いつまでも黙っているだけ
呆けた母の上で　疲れた妻の上で　働き続ける夫の上で

前の二枚と少々異なるのは、テレビアンテナに電線がくっきりと写っていること。かすかに地上の生活感を漂わせた写真に、詩人は「ヒト」と「空」の黙契を指し示し、併せて地上の生活者の姿を寸描する。写真がなければただの諷刺詩とも読まれかねないし、詩がなければただの風景写真とも見られかねないところだが、詩と写真の対話がみごとに空と地上を繋いでいる。この写真＝詩で、空と地は一つの生活を共有しているのだ。

詩集巻末作品は次のような写真＝詩である（図版14）。

やはり雲間から射す光が天啓のように印象的な写真だが、いつまでも終わらない空の凝視にピリオドを打つかのように、詩人は最後の詩句を書きつける。

図版14

どんな分厚い雲の上にも
いつも青空はあるということ
どんな暗い夜にも
どこかの国の誰かの上に青空はあるということ

ただひたすら自明の存在として空はそこにある。この不変の真理に苛立ち反抗し甘え依存するヒトの弱さと愛らしさを慈しむように、詩集は終わっている。まるで一つの劇場が幕を降ろすかのように。

谷川俊太郎の詩と写真をめぐる考察の旅も、詩集『写真ノ中ノ空』の終幕とともに終わりを迎えるべきかもしれない。だが、ここでどうしても見過ごせない一つの事実がある。荒木経惟がこれらの空写真を撮り続けた一九九〇年（つまり夫人の死の直後）とこの写真詩集刊行の二〇〇六年との間の時間差である。

この時間差の意味を考えるために、最後にもう一枚の写真を掲載しておきたい。谷川／荒木によるコラボレーション第一作『やさしさは愛じゃない』（一九九六）からの写真と詩である（図版15）。

この写真詩集が出た時には、解禁間もない頃の「ヘアヌード」写真と谷川詩の組み合わせが大いに評判になったと記憶しているのだが、その中にひっそりと収められた一枚の空写真に注目した者はあまりいなかったと思う。刊行の年月日から見ても、写真の性質から見ても、おそらく今回刊行された『写真ノ中ノ空』に収録された写真と同時期のものと思われる。その写真の右ページに記された短い詩には、谷川俊太郎の空に対する万感の思いが託されている、と私には思われてならない。この思いこそが半世紀以上におよぶ詩人の「空幻想」を要約しつつ写真家の喪失感へのかぎりなく深い共鳴をあらわす行為——つまり他者への憑依能力の十全の表現——であるはずなのだ。その詩句を全文引用する。

あんまり大きすぎるから、
からっぽとは思えない
空。

死んでもあっちへはのぼって行けない、
私は地面の下へ、下へ下へと行く、
スミレの根っこがからんでいるところ、
どろどろの岩が
ゆっくり固まって冷えこんでゆくところ、
何ひとつ見ずにすむところ。

図版15

結論にかえて

谷川俊太郎の「写真詩集」をめぐって考察してきたのだが、最新詩集への言及を終えたこの時点で、そろそろ結論を示さなければならない。だが、現存の作家について、それも半世紀以上にわたって膨大な量の作品を生み出しながら今もなお創作のエネルギーの衰えない（それどころか益々加速している）作家について、まともな結論など出すことができるものだろうか。谷川俊太郎についての結論は（今のところ）だれにも出すことができない。しかし、ごく限定された範囲内での——ここでは『絵本』から『写真ノ中ノ空』までに繰り広げられてきた写真と詩のテクスト相互連関についての——現状での結語を導いて結論にかえることならできるだろう。谷川詩学にとって写真とは何であったのか／あり得るのか、と。

あらためて考えてみると、本章で取り上げた四冊の詩集は、それぞれ「手」「木」「子ども」「空」を主題にしたものだった。この四つのキイワードを、試みにCD－ROM版『谷川俊太郎全詩集』（岩波書店、二〇〇〇）で検索してみると、次のようなデータを得ることができる。二〇〇〇年までの全作品中でこれらの語が用いられた回数である。

手	二九三
木・樹・樹木	二七〇
子ども・子供・子	一八二
空	四〇一

膨大な数にのぼる谷川作品だが（現在はさらに相当数増えている）、それにしてもこれらの語の使用頻度は他の語（例えば足、目、花、道、など）と比べて群を抜いている。このような統計的数値を挙げたのは、ほかでもない、谷川俊太郎の「写真詩集」から透視できる「コラボレーション＝テクスト相互連関」の本質に関する一つの仮説を掲げるためである。つまり、写真とのコラボレーションの必要とは、言葉のみではついに示し得ない一瞬の美と瞬間の真実への希求に根差しているのではないか、ということだ。

手、木、子ども、空、という谷川詩学の重要モチーフに一貫している特質は、一刻も止まらず絶えず変化し続ける運動体ということだ。谷川作品において「手」とは常に変幻を止めない運動体であり、「木」もまたその一見静態的な外観にかかわらず刻々と生長し続ける（谷川がしばしば人の生長について用いる木の年輪の比喩を思い起こしておこう）点において、生長を止めない「子ども」と同様に、一瞬を逃しては二度と同じ姿をとらえることのできない一過性一瞬性の運動体、ととらえられている。そして「空」もまた、多くは雲の変幻のため、また光の強弱のために、変幻自在な運動体としてとらえられているのである。

これら変幻自在な運動体に詩人の眼差しが多く注がれてきたことは、先に挙げた僅かなデータからだけでも明らかだ。ここでは逐一例を挙げないが、『二十億光年の孤独』以来積み重ねられてきた「手」詩篇、おもに『六十二のソネット』以来常に詩人の自己像を示し続けてきた「木」詩篇、おもに『みみをすます』以後巻を重ね続けている子どもの詩集の全体を占める「子ども」詩篇、そして初期詩篇以来谷川作品の主要イメージであり続けている「空」詩篇。いずれも、詩人が半世紀以上にわたって常に描き続けてきたモチーフでありイメージである。ということは、谷川俊太郎にとって写真とのコラボレーションとは、決してこのジャンルに固有の表現意識によるものではない、ということだ。つまり、谷川俊太郎は、写真がなくても（あるいは絵や音楽がなくても）表現し得る、また表現せざるを得ない、重要なテーマを――オブセッションを、と呼びたくなるところだが――より強烈に（あるいは有効に）表現する方法として、写真とのテクスト相互連関を意図している、ということではないだろうか。

　言葉だけではついに言い表せない一瞬の美、瞬間の真実というものが確かにあるとして、その瞬間を影像にとらえるのが写真だとすれば、言葉はついに写真の前で沈黙するしかないのだろうか。そうではないだろう。なぜなら、変幻自在な運動体を一瞬の中に封じ込めることが詩人の欲望ではないからだ。逆に、一瞬のうちに凍結された美なり真実なりにあらためて息吹を吹き込むことで、運動体としての生命を取り戻すことこそが、詩的創造《ポエーシス》の欲望ではないだろうか。そう考えれば、写真のもつ瞬間性に対する詩人の態度が明らかになる。変化を止めない運動体を変化そのものとして流動的にとらえる音楽の場合とは反対に、谷川俊太郎の写真の詩学とは、いったん瞬間性のうちに止めた運動体の一面の真実に、再度変化と運動を付与することで、これら変化を本質とする運動体を瞬間と流動の両義性においてまるごと表現することを企図しているのだ。先に引いたバルトの言葉を再度用いるなら、「ストゥディウム（共通認識）」としての写真の客観的（ただし瞬間的）事実の中に「プンクトゥム（突出するもの即ち突発的真実）」を発見しこれに言葉を与えること。さらに言えば、プンクトゥムを発見するだけでなく、場合によってはこれを発明してしまうこと。写真が伝える客観的事実の中にプンクトゥムを発見／発明する営為こそが、谷川俊太郎の「写真の詩学」なのである。

いくら表現しても表現しつくせない「何か」こそが詩にほかならない、とする谷川詩学に特有の不可知論は、その「何か」をひたすら指し示し続ける永劫運動であるかのように語られてきた。だが、そうして指し示された影像が目前に存在する場合、その影像の中にたとえ一瞬にせよ立ち上がる「何か」を読者は見逃すべきではないだろう。谷川俊太郎の写真詩集は、言葉と影像の合体によってのみ可能な（瞬間と流動の）両義的真実を確かに表現しているのである。その更なる展開として、谷川俊太郎自身による写真と詩のコラボレーションのあらたな実現――『絵本』の今日的再現――を期待するのは私だけではないと思う。

【付記】本章脱稿後、谷川俊太郎と写真をめぐって、二つの新作に遭遇した。一つは雑誌「未来創作」創刊号（新風舎、二〇〇六年十二月）に書き下ろされた長篇詩「トロムソコラージュ」。目次に「詩・写真／谷川俊太郎」と記されている。もう一つは、二〇〇七年七月にNHKのテレビ番組で紹介された「スティル・ムービー」の企画である。脚本を覚和歌子が書き下ろし、谷川俊太郎が「監督」を務めて、静止画像（つまり写真）のみによる「映画」を制作中とのこと。写真そのものはプロのカメラマンが撮ったものだが、膨大な数の写真を編集する作業は谷川俊太郎が行うのだから、谷川自身による詩と写真のコラボレーションと言えなくもない。ただし、選ばれた写真に詩を付けるのは谷川ではなく覚和歌子。谷川／覚のコラボレーションによる「写真・詩・映画（フォト・ポエム・ムービー）」の誕生である。この作品、写真映画「ヤーチャイカ」は二〇〇八年に公開された。また、「トロムソコラージュ」は同題の長篇詩集（二〇〇九年）に収録された。

あとがき

本書は、私の単独の本としては六冊目の詩論集です。これまでの五冊がボードレールをはじめとする過去の詩人たちを扱った本であるのに対し、今回は初めて現存の（それも現役ばりばりの）詩人を全面的に論じたモノグラフィであることに、一種のためらいを覚えながらこのあとがきを書き始めています。

自分なりの覚悟を定めて（つまり自覚的に）詩論を書くようになってから三十年ほどが経ちました。その間にさまざまな紆余曲折がありましたが、特にこの十年ほどは「同時多発詩論」とでも呼ぶべき（とっさに思いついた造語です）蛸足配線の仕事を辛くも楽しく続けています。元々ロートレアモン研究、ボードレール研究から始まったフランス詩探究を（多少減速しながらも）持続しながら、近現代の日本詩人との葛藤を併行し、さらに現存の詩人たちの作品研究を加えることで、それなりに自分の「詩論プログラム」が実現しつつあるのでは、との自覚を持つようになったことが、今回の出版に踏み切る要因でした。その自覚の原点にあったのが谷川俊太郎です。現在の詩人との対話こそが自らの（これからの）詩論家としての使命であることに、遅ればせながら気付かせてくれたのが、ほかならぬ谷川俊太郎だったわけです。

谷川さんと私とのお付き合いもちょうどこの十年に重なっています。最初に、私が勤務する大阪芸術大学に谷川さんをお招きするきっかけを作ってくれたのは、当時非常勤講師として同僚にお招きしたばかりの田原（ティアン・ユアン）さんでした。谷川作品を精力的に中国語訳し刊行しつつあった、あまりにもエネルギッシュな田原さんの活動ぶりに驚き呆れながら（当時病後の私の体力は最悪の状態にありました）、谷川作品を読み返すよい契機と思い、田原さんを含む鼎談による特別講義というかたちでのお付き合いが始まりました。その後、二〇〇〇年から二〇〇八年まで九度にわたって毎回三〇〇人ほどの学生の前で行われた特別講義の模様は、その半分ほどがすでに三冊の本になって澪標から出版されています。残りの部分についてもいずれ公開されることと思いますが、それら一連の講義の中で進行役を務めた私自身が、現代詩の諸問題について最も多く学ばせて頂いた、と思っています。

以上のような状況の中で、最初に私が書いた谷川俊太郎論は、二〇〇三年刊行の『谷川俊太郎《詩》を語る――ダイアローグ・イン・大阪 2000–2003』所収の文章でした。その後、大学で「谷川俊太郎研究ゼミ」を立ち上げ、その成果を二冊の本の中で学生たちによる「谷川俊太郎全詩集ブックレビュー」にまとめたり、これも学生たちと一緒に立ち上げた「別冊・詩の発見」で「谷川俊太郎の詩学」と題して連載したり、大学の研究紀要に「論文」を書いたりしてきました。本書は、それらの文章に、折あるごとに書き連ねてきたエッセイや書評を加えた、この十年来の「谷川体験」の集大成です。言うまでもなく、この「谷川体験」には、一五〇年ほどの近現代詩の潮流を望見した私なりの「詩論」が様々なかたちで化合しています。当然、その成果については読者の判断に委ねるしかありませんが。

本書は膨大な谷川宇宙への私なりのささやかな探求の結実ですが、「谷川俊太郎の詩学」には真の結論は出ていません。この先、何が起こるかも、ほとんど見当さえつかない状態です。したがって、本書は深く果てしない谷川宇宙への冒険の第一歩であり、書物としても第一冊にほかならないことを付言しておきます。谷川作品とともに生成し続ける谷川詩論、というのもあっていいのではないか、との思いをこめて、本書をひとまず上梓する次第です。

谷川俊太郎さん、田原さんに感謝申し上げるとともに、本書を世に送り出してくださった思潮社の髙木真史さんにも、御礼申し上げなければなりません。本書の刊行によって、朔太郎・賢治・中也（『抒情の宿命・詩の行方』）、十三郎（『小野十三郎を読む』）、俊太郎、という「ボードレールプログラム日本詩サイクル」の輪郭が思潮社刊で整ったことは望外の喜びです。最近、詩論とは数多くの人たちの詩への欲動の化合物なのだ、との思いをますます強くしています。

二〇一〇年四月二十二日

山田兼士

初出一覧

Ⅰ

一章　小野十三郎からはじまる　「別冊・詩の発見」二号（澪標、二〇〇五年十月）

二章　物と歌　『谷川俊太郎《詩》を語る』（澪標、二〇〇三年）

Ⅱ

一章　谷川俊太郎の二十一世紀詩　『谷川俊太郎《詩》を読む』（澪標、二〇〇四年）

二章　身体詩という事件　「現代詩手帖」二〇〇五年七月号（思潮社）

三章　谷川俊太郎の本音本　「現代詩手帖」二〇〇六年十一月号（思潮社）

四章　二十億光年の私をめぐって　「別冊・詩の発見」七号（澪標、二〇〇八年四月）
＋「現代詩手帖」二〇〇八年四月号（思潮社）

五章　長篇の詩学　「びーぐる　詩の海へ」四号（澪標、二〇〇九年七月）
＋「樹林」二〇〇九年夏号（大阪文学学校・葦書房）

Ⅲ

一章　〈こども〉の詩学　『谷川俊太郎《詩の半世紀》を読む』（澪標、二〇〇五年）

二章　ひらがな詩を考える　「別冊・詩の発見」四号（澪標、二〇〇六年十月）

三章　定型という装置を考える　「別冊・詩の発見」三号（澪標、二〇〇六年四月）

四章　詩と歌を考える　「別冊・詩の発見」五号（澪標、二〇〇七年四月）

五章　〈絵本〉の詩学　「芸術29」（大阪芸術大学芸術研究所、二〇〇六年十二月）

六章　〈写真〉の詩学　「芸術30」（大阪芸術大学芸術研究所、二〇〇七年十二月）

山田兼士　やまだ・けんじ
一九五三年岐阜県大垣市生まれ。関西学院大学大学院卒。
大阪芸術大学教授。季刊「びーぐる　詩の海へ」編集同人。

主要著書

『ボードレール《パリの憂愁》論』（砂子屋書房、一九九一年）
『小野十三郎論——詩と詩論の対話』（砂子屋書房、二〇〇四年）
『ボードレールの詩学』（砂子屋書房、二〇〇五年）
『抒情の宿命・詩の行方——朔太郎・賢治・中也』（思潮社、二〇〇六年）
『百年のフランス詩——ボードレールからシュルレアリスムまで』（澪標、二〇〇九年）
『詩の現在を読む 2007-2009』（澪標、二〇一〇年）

詩集

『微光と煙』（思潮社、二〇〇九年）

谷《たに》川《かわ》俊《しゅん》太《た》郎《ろう》の詩《し》学《がく》

著者
山《やま》田《だ》兼《けん》士《じ》
発行者
小田久郎
発行所
株式会社 思潮社
〒一六二―〇八四二　東京都新宿区市谷砂土原町三―十五
電話〇三（三二六七）八一五三（営業）・八一四一（編集）
FAX〇三（三二六七）八一四二
印刷所
創栄図書印刷株式会社
製本所
小高製本工業株式会社
発行日
二〇一〇年七月四日